奎文萃珍

雪窗譚异

下册

［明］佚名 编

文物出版社

應諧錄

安成劉元卿纂　金嘉會挍閱

僧在

一里尹管解罪僧赴戍僧故黠中道夜酒里尹致沈醉鼾睡已取刀髡其首改紲已絛反紲尹項而逸凌晨里尹寤求僧不得自摩其首髡又絛在項則大詫驚曰僧故在是我今何在耶夫人具形宇內罔罔然不識真我者豈獨里尹乎

爭雁

昔人有睹鴈翔者將援弓射之曰獲則烹其弟爭曰舒鴈烹宜翔鴈燔宜競鬪而訟于社伯社伯請剖鴈烹燔半焉已而索鴈則淩空遠矣今世儒爭異同何以異是

旨苦

有旨子道涸溪橋上失墜兩手攀楯兢兢握固自分失手必墮深淵已過者告曰毋怖第放下即實地也旨子不信握楯長號久之力憊失手墜地乃自哂曰嘻蚤知即實地何久自苦耶夫大道甚夷沉空守寂

執一隅以自矜嚴者覩此省哉

搔癢

昔人有癢令其子索之三索而三弗中令其妻索之五索而五弗中也其人怒曰妻子内我者而胡難我乃自引手一搔而癢絕何則癢者人之所自知也自知而搔寧弗中乎

講學

兩人相訴於衢甲曰你欺心乙曰你欺心甲曰你沒天理乙曰你沒天理陽明先生聞之謂門弟子曰小

子聽之兩人諄諄然講學也門人曰詬也焉爲學曰汝不聞乎曰心曰天理非講學而何曰既講學又焉詬曰夫夫也惟知求諸人不知反諸己故也

萬字

汝有田舍翁家貲殷盛而累世不識之乎一歲聘楚士訓其子楚士始訓之搦管臨朱書一畫訓曰一字書二畫訓曰二字書三畫訓曰三字其子輒欣欣然擲筆歸告其父曰兒得矣兒得矣可無煩先生重貲館穀也請謝去其父喜從之具幣謝遣楚士踰時其

父擬徵召媚友萬氏姓者飲令子晨起治狀久之不成父趣之其子恚曰天下姓字夥矣奈何姓萬自晨起至今才完五百畫也初機士偶一解而即詘詘自矜有得始類是巳

猫號

齊奄家畜一猫自奇之號于人曰虎猫客說之曰虎誠猛不如龍之神也請更名曰龍猫又客說之曰龍固神于虎也龍升天須浮雲雲其尚於龍乎不如名曰雲又客說之曰雲靄蔽天風倏散之雲故不敵風

也請更名曰風又客說之曰大風飈起維屏以牆斯足蔽矣風其如牆何名之曰牆猫可又客說之曰維牆雖固維鼠穴之牆斯圮矣牆又如鼠何卽名曰鼠猫可也東里丈人嗤之曰噫嘻捕鼠者故猫也猫卽猫耳胡爲自失本眞哉

同病

張詡子繕一榻麗以在臥內人未由見也故托疾臥榻上致婣友省問觀之其婣尤揚子者新製一襪亦欲章示其人故搴裳交足加膝而坐已問曰君何疾

張詡子靚尤揚子狀若是相覰而哄曰吾病亦若病也

悅諛

粤令性悅諛每布一政群下交口讚譽令乃驩一隸欲阿其意故從旁與人偶語曰凡居民上者類喜人諛惟阿主不然覤人譽箴如耳其令耳之亟招隸前撫膺高蹈嘉賞不已曰嘻知余心者惟汝良隸哉自是暱之有加

吃女

燕人有二女皆謇極一日媒氏來約婚父戒二女曰愼箝口勿語語則人汝棄矣二女唯唯旣媒氏至坐中忽火爇姊裳其妹期期曰姊而裳火矣姊目攝妹亦期期言曰父屬汝勿言胡又言耶二女之吃謇隶掩媒氏謝去○

性急

于嘽子與友連床圍爐而坐其友據案閱書而裳曳于火甚熾于嘽子從容起向友前拱立作禮而致詞曰適有一事欲以奉告諗君天性躁急恐激君怒欲

不以告則與人非忠敢請惟君寬假能忘其怒而後敢言友人曰君有何陳當謹奉教于嗶子復謙讓如初至再至三乃始逡巡言曰時火燃君裳也友起視之則燬甚矣友作色曰柰何不急以告而迂緩如是于嗶子曰人謂君性急今果然耶

多憂

沈屯子偕友入市聽打談者說楊文廣圍困栁州城中内乏糧餉外阻援兵蹙然踊歎不巳友拉之歸日夜念不置曰文廣圍困至此何由得解以此邑邑成

疾家人勸之相羊垌外以紓其意又忽見道上有負竹入市者則又念曰竹末甚銳衝上行人必有受其戕者歸益憂病家人不得計請巫巫曰稽冥籍若來世當輪廻爲女人所適夫必麻哈回夷族也貌陋甚其人益憂病轉劇婣友來省者慰曰善自寬病乃愈也沈屯子曰若欲吾寬須楊文廣圍解負竹者抵家又麻哈子作休書見付乃得也夫世之多憂以自戕者類此也夫

學倫

一偷兒黠甚終生行竊無犯垂老子慮其術終於其身日愬傳焉父曰吾何傳爲之即是子一夕乘間入富室臥内有大櫃偶未鐍預隱其中計伺主人寐則竊藏出也乃主人方寢而憶鐍其櫃不得出中夜徬徨夜闌益棘不得計故彈指作鼠齧聲主人寤聞之慮鼠齧衣籍亟起發鐍逐鼠偷兒子躍出逸歸對其父曰父柰何祕不兒傳兒瀕死所矣籍第令計不出是柰何父曰即此是矣吾又何傳故善教者道而弗牽開而弗達使人繼其志可爾

寡聞

漢村三老皆欵啟寡聞之昨也終生未履城市甲老偶經一過歸向二老夸所覩聞二老歆動約舂糧徃遊行閒甲老顧謂丙老曰至彼慎勿妄語取市子姍咲須聆吾指比至郭忽聞鐘聲乙老詫曰此何物吽號如是甲老曰此鐘鳴也丙老曰而我抵舍當市鐘肉啖之甲老曰嘻誤矣鐘乃摶泥爲質而火煅成者安可啖耶甲老葢偶見範鐘之具而未實見鐘云夫竊膚末之見而輒嘵嘵然欲以開示人將率天下而

幹也。

青衿

西吳族世豐於財不事詩書其母有弟補博士弟子員衣青衿來謁母大詫曰而何服此衣服哉嗟而貧衣不足於藍故綴以青歟柰何不浼我取足耶蓋不識青衿爲時制服也

豕臟

某友素厲清真薄滋味而性嗜豕臟羮新市屠豕者多不潔友徵召客飲市豕臟作羮且戒庖丁令弗過

滌失其眞味羨既熟臊氣觸鼻不可邇嗅友先自嘗嘖嘖歎賞曰有味哉有味哉客以友爲大方信其知味附和羨賞而忘穢座中間有出而歐者吁世學者穢德滋彰猥稱至道覩此省哉

賤售

上元姚三老貲甲閭右嘗買別墅其中有池亭假山皆大湖怪石一日狂客王大痴來遊酌池上酒酣大痴曰翁費直幾何曰費千金大痴曰二十年前老夫曾觴詠於此主人告我費且萬金翁何得之易邪三

老曰我謀之久矣其孫子無可柰何只得賤售大痴曰翁當效刻石平泉垂戒子孫異時無可柰何不宜賤售

剳碑

潁川姚尚書神道碑規制頗類顏魯公所書茅山碑者國初州人侍郎某者欲剳三之一鑱墓表畀州守難之懇祈百端州守曰姚尚書子孫微矣莫有主者便剳三分之二無不可侍郎喜過望或問守曰侍郎剳尚書之碑子不能禁又從而過許之何也守曰吾

意欲使後人知侍郎之碑猶能中分耶

面被

貧家無濶槀薦與其露足寧且露手佯謂人曰君觀吾儕有須臾離筆研者乎至於困睡指猶似筆也小兒子不曉事人問每夜何所蓋輒答云蓋薦嫌其大陋撻而戒之曰后有問者但云蓋被一日出見客而薦草挂鬚上兒從后呼曰且除面上被此所謂作偽日拙者乎

閑氣

東坡示參寥云桃符仰視艾人而罵曰汝何等草芥輒居吾上艾人俯應曰汝已半截入土猶爭高下乎桃符怒往復爭不已門神解之曰吾輩不肖方傍人門戶何暇爭閑氣耶此極可爲淺學爭辨者之喻

兩瞽

新市有齊瞽者性躁急行乞衢中人弗避道輒忿罵曰汝眼瞎耶市人以其瞽多不較嗣有梁瞽者性尤戾亦行乞衢中遭之相觸而躓梁瞽故不知彼亦瞽也乃起亦忿罵曰汝眼亦瞎耶兩瞽鬨然相詬市子

孀笑噫以迷導迷詰難無已者何以異於是

錄終

猥談

吳郡祝允明著　李孫枝閱

李公

永樂初饒人朱季文進所著書楊文貞輩請笞其人火其書近成化末司馬御史提學南畿得予婦翁李公琬琰集舊刻命學徒翻謄之衆請即用元本登之木司馬從之李故假諸督府經歷吳宣宣大怒疏于朝言李某以壻祝允明在學假書令浸潤司馬某事下所司立案而已後見周原已院判笑謂予翰林舊

有一可笑事今得吳經歷本作對矣一大將乞翰林某人書專令一吏候之免其他役吏始甚德之既逾旼火吏不勝躁具牒呈其將言蒙委領某翰林文字爲渠展轉支延已及半載顯是本官不能作詩虛詞誑脫彼此一笑而已以文墨事見之疏牒前有子翰林後有子也又後數年無錫有陳公懋者註書與朱子反亦上于朝　上命笞而遣之予謂又與朱季文爲對子也

上父書

上大人丘乙已化三千七十士尔小生八九子佳作仁可知禮右八句未曳也字不知何起今小兒學書必首此天下同然書坊有解胡說耳水東日記言宋學士晚年寫此必知所自又說郭中曾記之亦未暇撿向一友謂予此孔子上其父書也上大人句上上書大人謂叔梁紇丘句聖人名乙已化三千七十士尔句乙一通言一身所化士如許小生八九子佳句八九七十二也言弟子三千中七十二人更佳作仁句作猶爲也可知禮也仁禮相爲用言七十子善爲仁其於禮可知大槩取筆畫稀少開童子稍附會理也

文字

文字中稱完顏氏爲大金承襲誤也蒙古自稱大元我朝作者何曾予之以大今應云胡金爾文字門稱都御史爲中丞府尹爲京兆之屬當視語勢如何若結銜之際亦欲異衆書從別代或妄更變非也如官吏部屬書尚書吏部郎中曾攝使假一品服還尋繳納書賜一品服憲臣出巡易地名如巡按貴陽至如領鄉舉書浙進士賜進士不書出身同出身但書第字爲府縣學生書郡庠邑庠或長庠吳庠之類不如

呼平

別號

道號別稱古人間自寓懷非爲敬名諱也今人不敢名亦不敢字必以號稱雖尊行貴位不以屬銜爲重而更重所謂號大可笑事也士大夫名實副者固多餘唯農夫不然自闤市村隴嵬人瑣夫不識丁者未嘗無號兼之庸鄙狂怪松蘭泉石一坐百犯又兄山則弟必水伯松則仲叔必竹梅父此物則子孫引此物於不已愚哉愚哉予每徇人爲記說多假記以規

諷猶用自愧近聞婦人亦有之向見人稱冰壺老拙乃獒媼也又傳江西一令訊盜盜忽對曰守愚不敢令不解問左右一胥云守愚者其號也乃知今日賊亦有別號矣此等風俗不知何時可變

判語

張忠定判瓦匠乞假云天晴瓦屋雨下和泥及丁謂判木工狀云不得將皮補節削凸見心人稱之郡守邢公判重造郡門詖狀云務須緊繃密釘晴雨同聲又一守禁戴帽不得露網巾吏草榜云前不露邊後

不露圈守曰公文貴簡何作對偶語乎吏白當如何

守曰前後不露邊圈乃不覺一笑

破題

宋末人戲作破題古曲題云看看月上薔薇架那人

應是不來也最苦是一雙鳳枕閒在繡幃下破云時

至人未至君子不能無疑心物偶人未偶君子不能

無感心吳歌題云月子彎彎照幾州幾家歡樂幾家

愁幾家夫婦同羅帳幾家漂散在他州破云運於上

者無遠近之殊形於下者有悲歡之異小曲題云嫣

嫣只要光光鏝我苦何曾管雪下去送官賣酒輪番幾曾得免怎容懶有客教奴伴破云吾親狥利而忘義既不能以憂人之憂吾身狥公而忘私又强欲以樂人之樂

俗儉

江西俗儉果楪作數格唯中一味或果或菜可食餘悉充以雕木謂之子孫果合又不解鏹蔗糖亦刻木飾其色以代匱一客欲食取之方知贋物便失笑覆視之底有字云大德二年重修更胡盧也

歌曲

今人間用樂皆苟簡錯亂其初歌曲絲竹大率金元之舊略存十七宮調亦且不備只十一調中塡輳而已雖曰不敢以望雅部然俗部大槩較差雅部不啻數律今之俗部尤極高而就其聲察之初無定一時高下隨工任意移易（此病歌與絃音爲最）蓋視金元製腔之時又失之矣自國初來公私尚用優伶供事數十年來所謂南戲盛行更爲無端於是聲樂大亂南戲出於宣和之後南渡之際謂之溫州雜劇予見舊牒其時

有趙閎夫榜禁頗述名目如趙真女蔡二郎等亦不甚多以後日增今遍滿四方轉轉改益又不如舊而歌唱愈繆極厭觀聽蓋已略無音律腔調音者七音律者十二律呂腔者章句字數長短高下疾徐抑揚之節各有部位調者舊八十四調後七七宮調今十一調正宮不可爲中呂之類此四者無一不具愚人蠢工徇意更變妄名餘姚腔海鹽腔弋陽腔崑山腔之類變易喉舌趂逐抑揚杜撰百端真胡說耳若以被之管絃必至失笑而昧士傾喜之互爲自謾爾

土語

生淨丑末等名有謂反其事而稱又或託之唐莊宗皆繆云也此本金元闤闠談吐所謂鶻伶聲嗽今所謂市語也生即男子旦曰粧旦色淨曰淨兒末曰末尼孤乃官人即其土音何義理之有太和譜略言之詞曲中用土語何限亦有聚爲書者一覽可知

智者

弘治中吾郡一豪子以事官捕之急竄匿不出官百計索之不能得或言鄉者某多智數官廷訪之者乞屏左右乃曰欲得之須用老子官曰老子已在此矣

着意益用欲取先予之術官所云謂已執其父也着曰不是者箇老子官曰正是者箇老子着又白如前官終不悟即叱之退曰者蠢物尚謂一人有兩老子何智術之有、

無故之死

人死有輕於鴻毛又有大無無端不若鴻毛者大抵官府最多漫記二事京師人產兒一頭兩身棄諸野一丐取示人以乞錢俄頃觀者牆立閧傳於邏厰中人白于內未報而街坊火甲不知更恐其擾攘也逐之

丐提孩去明日内言取看火甲覓丐與兒皆亡矣懼即自經家僅一妻懼追捕亦縊一户遂絕又二人遇於途甲沈醉乙半酣甲毆乙仆視之死矣逕去總甲見之亟白于官時已暮姑以葦席四懸障屍衆寢衛於外夜半乙稍寤已迷前事思安得處此必犯夜禁故潛起而逸歸家已大醒謂其妻甲毆我明當訟之及明守者失屍驚懼須臾官來謂受賕棄屍箠楚之守者誣服請取屍來乃共往伺于郊一人醉而來衆前撲殺之舁入葦室乙詣甲喧將訟之甲與飲納之

賄乃釋甲復思昔者所由因知爲我殺人今若此曷不白之官因邀乙往首實官訊守者屍所來不能諱棄市若漕卒牽夫公役輩無故之死又尋常事耳

癩虫

吾鄉都生自外歸裝有水銀一小簏箱箱上書一銀字爲識舟人以爲銀也乘其醉縛而沈之南方過癩小說多載之近聞其症乃有癩蟲自男女精液中過去故此脫而彼染如男入女固易若女染男者亦自女精中出隨精入男莖中也若男欲除蟲者以荷葉

卷置女陰中既輸洩郎搐出襍精與蟲悉在其中郎

棄之精既不入女陰宮女亦無害也此治療妙術故

不厭猥褻詳述之今南中有癩人處官置癩坊居之

不以貴賤知體蘊癩者家便聞官隱者有罰焉

驢姦

[illegible]時婦人與狗姦事有公牒人皆知之又闕媪事予

記在語怪況休文宋書凡有兩事又近數年有驢姦

事漫述之燕京小民三五家共築一土室買一驢室

中置磨各家有麥共往磨之一日三婦磨麥少休驢

猥談

舒息久之游騰其勢婦下劣戲言我輩能當之乎一往就之畏卽巳一繼之不勝而退一哂而往稍縱焉畜遂訖事畜去而婦斃焉此等事如漢濟北江都王及僧祇律獲猴精舍比丘難提死馬等甚多宇宙之間何所不有

丐戶

奉化有所謂丐戶俗謂之大貧聚處城外自爲匹偶良人不與接婚官給衣糧而本不甚窘赤婦女稍妝澤業枕席其始皆官家以罪殺其人而籍其牝官穀

之而征其淫賄以迄今也金陵教坊二十八家亦然奉鑾趙之祖齊氏室所生也

新人

城中有女許嫁鄉閭富室及期來迎其夕失女所在蓋與私人期而爲巫臣之逃矣詰旦家人莫爲計姑以女暴疾辭而來僨固已洞悉之矣壻家禮筵方啟嘉儀紛沓翹企以待比逆者至寂然主人扣從者皆莫能對僨以袂掩口附耳告曰新人少出不覺一笑而已

猥談終

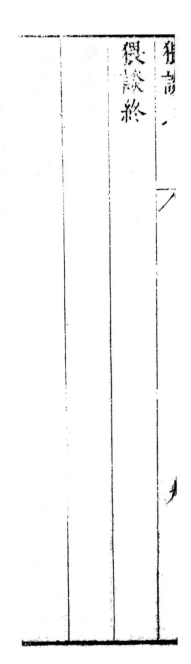

說日錄

元　虞集撰　武林潘之淙閲

唐人著夢書言夢有徵夫夢者何也釋氏以四法判之一曰無名薰習二曰舊識巡遊三曰四大偏增四曰善惡先兆周官筮人掌占六夢一曰正夢二曰噩夢三曰思夢四曰寤夢五曰喜夢六曰懼夢造化權輿曰神遇爲夢形接爲事浮虛夢揚沉實夢溺寢藉帶夢蛇鳥銜髮夢飛將雨夢水將晴夢火將病夢食將憂夢歌舞此列子之論也李泰伯潛書云夢者之

在寢也居其傍者無異見耳目口鼻手足皆故形也魂之所遊則或羽而仙或冠而朝或宮室輿馬女婦奏舞興乎其前忽富驟榮樂無有限極及其覺也撫其躬無毛髮之得於是始知其妄而笑此無他獨其心之溺焉耳嗚呼將幸而覺邪抑將冥冥遂至於歿邪前者諸說各有所見且周官載之甚悉而列子之神遇李泰伯之魂遊心溺果然哉然有二說如夜夢得金寶覺而無所獲若夢與女人交覺而失精此非心溺乎如夏月露卧偶夜露下而失覆則夢雪降冬

月擁被衾多則夢火熾此非神遇乎夫至人無夢者緣無想念葢恐此路頭熟著其所好而往則將冥冥沒沒而不知返者有之要在乎昔學力讀者當察之

孔子曰道之將行也歟命也道之將廢也歟命也是聖人素其位而行所遇不可必故歸之於命先言道而後言命天之有命聖人依命而行道所以嚴君平西蜀設肆爲人臣者勉之以忠爲人子者勸之以孝是亦行道爾後世不知斯理殢於書傳自立一家或以五行支干或以二元九氣或專取於日或寓於星

貪或寓於易數立說紛紛徒惑聞見爾如漢高帝入
關三百人皆封侯趙括四十萬衆悉坑死豈漢兵無
一人行衰絶運限者趙兵無一卒在生旺日時者此
理可見近來淮兵總卿刊江西廖君所類諸家命書
爲五行精紀其集錄備載而無去取亦不勉拘於五
行之内言之且造物者惡得以甲乙數語而窺之且
夫人事未盡焉盡天理故與人同即爲合德知避再
犯即爲轉趾聞焉不信即爲孤神財不儉用即爲耗
宿昔有軍校與卿韓王同年月日時生若韓王有一

大遷除軍校則有一大責罸其小小升轉則軍校微有譴訶此又不知於命以何而取焉大抵燭理明之人五行神鬼皆不能拘繫陶淵明有云癡人前不宜說夢而達人前不可言命至急則無陰陽凡有妄心則被五行所惑一有私心則爲鬼神所制况天道福善禍淫鬼神禍盈福謙以命取斷於卜師彼以糊口之迫而藉此術以度日欲決行藏一以爲貴一以爲賤轉爲之惑以事求用於神彼以幽沉之後尸其享祭焉敢以無作有以曲爲直私之於人且人事之公

行未有詢人者惟有私求則往祈禱之夫神鬼本畏人而人一有妄心求彼即彼得以肆欺於其間也近時有一內貴官以門下人命使術者議之若言命佳則必以奇禍擾之言命窮則必以好爵榮之此是時與造物爭功畧舉此以少釋其惑

錢唐江潮之說前後紀錄不一山海經以爲海鰌出入穴之度佛書以爲神龍之變化葛洪潮記謂天河激湧洞冥正一經云月周天而潮應王充論衡謂水者地之血脈隨氣進退而爲潮竇叔蒙海濤志以潮

汐作濤必待于月月與海相推海與月相明東海漁翁海潮論云地浮與大海隨氣出入上下地下則滄海之水入於江謂之潮地上則江河之水歸於滄海謂之汐浙江發源最近江水少海水多其潮特大潘洞浙江論曰海門有二山曰龕曰赭夾岸潮之初來亦慢將近是山岸狹勢逼如湧而爲濤姚令威聚語載會稽石碑大率元氣嘘翕天隨氣而漲瀲潰浡往來潮順天而進退者也浙江南自纂風北自嘉與夾山而水潤下有沙潬徒旱切南北亘之隔礙洪波蹙遏

潮勢非江山淺逼使之然也雲麓趙景安漫抄載徐明叔等高麗錄云天包水水承地而元氣升降於太空之中地乘水力以自持且與元氣升降互爲抑揚而人不覺衆家之議海潮潘洞之論勢頗爲當理而止云勢逼而爲濤東海漁翁之論源近遠而分大小理亦近似而云地浮於水其理間斷不若徐明叔等高麗錄云天包水水乘地而元氣升降竇叔蒙之論濤符于月此說正與會稽石碑及趙景安所議相合且月陰也潮水也皆應於易之坎卦爲用故易說卦

圷爲水爲月。於此可見。是以三家之論爲得焉。
焚紙錢之説唐王璵傳曰漢以來葬者皆有瘞錢後世里俗稍以紙寓錢爲鬼事至是璵乃用爲禳祓則是喪葬之焚紙錢起於漢世之瘞錢也其禱神而用寓錢則自王璵始矣康節先生春秋祭祀約古今禮行之亦焚楮錢程伊川怪問之曰冥器之義也脱有益非孝子順孫之心乎㩁廟竆高峯廖用中奏乞禁焚紙錢有云嘗怪世俗鑿紙爲錢焚之以徼福於鬼神者不知何所㩁依非無荒唐不經之説要皆下俚

之所傳耳使鬼神而有知謂之慢神欺鬼可也李珂
松牕百記云世既是妄人死而爲鬼其妄又可知無
身心耳目口鼻之實而六習常不斷顛倒沉迷豈復
覺悟方其具酒殽列冥器鑿楮象錢印繪車馬而焚
之以妄塞妄也蓋嘗原其本初恐瘞錢爲死者之禍
及世艱得錢易以紙錢自後沿襲至唐而焚之其來
久且遠而廖高峯逮欲絶之以塞妄費且夫子謂死
葬之以禮又曰敬鬼神而遠之是夫子不欲遽絶而
以有無之中言之惟邵康節云脱有益非孝子順孫

之心最爲通議、
勇堅志載眞官行持靈驗處極多且行持符法自虛
靖正一二天師傳度符籙于世亦是運自己精神眞
氣正心而驅除妖邪若自己神靈氣清心正之人鬼
神亦自畏之況受正法符籙乎上帝好生慮有邪魔
爲下方之患遂以天神應化人世用此符籙而戢除
之實於助國行化不爲無補猶於自己積功立行可
以超登仙列今也不然有無事取罪者妄意傳授符
籙假此以苟衣食行持治病則自帶親僕專備附體

仍呼神叱鬼又且召役嶽帝城隍且嶽帝城隍可比人間監司郡守謂如人役僕隸受其利養處之無法尚不伏使令不知汝有何功德有何神通以動監司郡守況嶽帝城隍乎豈不自招陰譴而又要求財物作爲淫亂動違天律生不免於雷震則必墮於風刀幽沉是誰之過歟

舊傳不肖子有三變其初變爲蝗蟲謂鬻田園而食次變爲蠹蟲謂貨書而食又變爲大蟲謂賣人而食此切當其理今之不肖子謂之三蟲恐未足以盡其

實初父母未亾也憑藉父祖門蔭聲勢在外無所不爲朝去暮歸盜竊財物恣情爲非父兄以內有所主及特父兄家私事逼其婢妾至於掣肘或恐玷巴遂爲掩蔽付之無可奈何及託前世甚至在外指屋起錢高價賒物低價出賣謂之轉肩人皆指而目之爺健大郎父有因此淹抑成病又增利貨錢候父母亾還錢謂之下丁錢其或母先父亾猶且庶幾者若或父亾而母存其爲害特甚初父亾得財產入手盡顧其母及財散而母存甘旨不具展轉孤苦親戚兄弟

有不忍者携歸奉養則往彼爭喧取擾謂母有挾藏之物反為求索其親厭煩則付母還之復受岑寂或有兄弟麤給則與訟索分亦自有此等人貧給以導其為訟既訟畢得錢浪費無歲月間又已空虛連及妻室姊妹覓人蓄養作為親戚出入閨門分甘忍恥食殘衣弊而妻輩以寒饑所困初似羞澁終則願為間有妻輩家以力奪去及妻子輩需身事人或與所事者厚愛從彼棄此不肖子俱無所倚則思舊所交遊者及父兄朋友而求索度日如此又不知以何等

蟲處之矣、

就日錄終

劇談錄

宋　鄭景璧撰　明　鄒貞士閲

楊朴魏野皆咸平景德間隱士朴居鄭州野居陜皆號能詩朴性癖常騎驢往來鄭圃每欲作詩卽伏草中冥搜或得句則躍而出遇之者無不驚眞宗祀汾陰過鄭召朴欲官之問卿來有以詩送行者乎朴揣知帝意謬云無有惟臣妻一篇使誦之曰更休落魄貪杯酒便莫猖狂愛作詩今日捉將官裏去這回斷送老頭皮帝大笑賜束帛遣還山野和易通俗人樂

從之遊王魏公當國尤愛之亦數相聞天禧末魏公屢求退不許野寄以詩曰人間宰相惟三載君在中書十四年西祀東封俱已了好來平地作神仙魏公亟袖以聞遂得謝朴亦無子而野有子閒能襲父風年八十餘亦得長生之術司馬溫公陝人間亦爲誌其墓故世知野者尤多然皆一節之士世競於進取者不可時無此曹一二警勵之與指嵩少爲仕途捷徑者異也

余守許昌時洛中方營西内門甚急宋昇以都轉運

使主之其屬有李實韓溶二人最用事宮室梁柱闌檻牕牖皆用灰布期既迫竭洛陽內外猪羊牛骨不充用韓溶建議掘漏澤園人骨以代昇欣然從之一日李實暴疾死而還蘇具言冥官初追証以骨灰事有數百人訟於庭冥官問狀實言此非我蓋韓溶忽有吏趨而出有頃復至過實曰果然君當還然宋都運亦不免既曰冥官而下所抱文字風動其紙畧有滅門二字後三日溶有三子連死其妻哭之哀又三日亦死而溶亦死昇時已入為殿中監未幾傳昇忽

溺不止經下數石而斃人始信幽冥之事有不可誣者是時范德孺卒纔數月其家語余近有人之鄆州夜過野中見有屋百許間如官府揭其牓曰西証獄問其故曰此范龍圖治西內事也家亦有兆相符會有屬吏往洛余使覆其言於李實亦然甚哉禍福可不畏乎

前史載李廣以殺降終不侯廣徇止不侯蓋自不能免其身于公以治獄有陰德大其門閭而責報於天如符契然因果報應之說何必待釋氏而後知也世

傳歐希範五臟圖此慶曆間杜杞待制治廣南賊歐希範所作也希範本書生桀黠有智數通曉文法嘗爲攝官乘元昊叛西方有兵特度王帥必不能及乃與黨蒙幹嘯聚數千人聲搖湖南朝廷遣楊畋討之不得乃以杞代杞入境即僞爲招降之說與之通好希範猖獗久亦幸苟免遂從之與幹挾其酋領數十人皆至杞大爲燕犒醉之以酒已乃執於坐上翌日盡磔於市且使皆剖腹刳其腎腸因使醫與畫人一一探索繪以爲圖用是遷待制帥慶州未幾若有所

槪、一夕登厠、忽跌于圊中、家人急出之、口鼻皆流血、微言歐希範以拳擊我、後三日竟卒杞有幹畧亦知書、號能吏、歐陽永叔爲誌其墓

韓退之有木居士詩在衡州耒陽縣鼇口寺退之作此詩、疑自有意其謂便有無窮求福人蓋當時固已尸祝之矣至元豐初猶存遠近祈禱祭祀未嘗輟、一日邑中旱久不雨、縣令力禱不驗、怒伐而焚之、一邑爭救不聽、蘇子瞻在黄州聞而喜曰木居士之誅固已晚矣、乃聞有此明眼人乎、過丹霞退矣、然邑人念

之終不已後復以木倣其像再刻之歲仍以祀或曰寺規其祭享之餘以故不能廢張芸叟謫郴州過見之以詩題於壁曰波穿水透本無奇初見潮州刺史詩當日老翁終不免後來居士欲奚爲山中雷雨誰宜主水底蛟龍自不知若使天年俱自遂如今已復有孫枝相傳以爲口實余聞蜀人言陳子昂閬州人州人祠子昂有陳拾遺廟語訛爲十姨不知何時遂更廟貌爲婦人粧飾甚嚴謂之十姨有禱亦或驗利之所在苟僅得豚肩巵酒子昂且屈爲婦人勉應之

不辭新木居士亦何爲不可乎聞者皆絶倒

余居山閒默觀物變固多矣取其灼然者如蚯蚓爲百合麥之壞爲蛾則每見之物理固不可盡解業識流轉要須有知然後有所向若蚯蚓爲百合乃自有知爲無知麥之爲蛾乃自無知爲有知蚯蚓在土中知其欲化時蟠結如毬已有百合之狀麥蛾一夕而變紛然如飛塵以佛氏論之當須自其一意念真精之極因緣而有即其近者雞之伏卵固自出此今雞伏鴨乃如莊周所謂越雞伏鵠者此何道哉麥之爲

蛾。蓋自蛾種而起，因以化麥，非麥之能爲蛾也。由是而言之，一念所生，無論善惡，自有必至者。后稷履人迹而生，啓自石出，此眞實語。金光明經記流水長者盡化池魚，皆得生天，更復何疑？但恐人信不及爾。

富鄭公少好道，自言吐納長生之術，信之甚篤，亦時爲燒煉丹竈事，而不以示人。余鎭福唐，嘗得其手書還元火候訣一篇於蔡君謨家，蓋至和間持其母服時書以遺君謨者，方知其持養大槩。熙寧初再罷相守亳州，公已無意於世矣。圓照大本者住蘇州瑞光方以其道震東南穎州僧正顒世號顒華嚴者從之得法以歸鄭公聞而致之於亳館於書室親執弟子禮一日旦起公方聽事公堂顒視室中有書櫃數十其一扃鐍甚嚴問之左右曰公常手自啓閉人不得與意必道家方術之言亟使取火焚之執事者爭不得公適至問狀顒即告之曰吾先爲公去一大病矣公初亦色微變若不樂者已而意定徐曰乃無大雲戲乎即不問自是豁然遂有得顒曰此非我能爲公當歸之吾師乃以書謁通圓照故世言公得法大本

然公晚於道亦不盡廢甍之夕有大星隕於寢洛人皆共見之豈偶然哉

世傳神仙呂洞賓名巖洞賓其字也唐呂渭之後五代間從鍾離權得道權漢人邇者自本朝以來與權更出沒人間權不甚多而洞賓蹤迹數見好道者每以爲口實余記童子時見大父魏公自湖外罷官還道岳州客有言洞賓事者云近歲常過城南一古寺題二詩壁間而去其一云朝遊岳鄂暮蒼梧袖有青蛇膽氣麤三入岳陽人不識朗吟飛過洞庭湖其一

云獨自行時獨自坐無限時人不識我惟有城南老
樹精分明知道神仙過說者云寺有大古松呂始至
時無能知者有老人自松顛徐下致恭故詩云然先
大父使余誦之後得李觀所記洞賓事碑與少所聞
正同青蛇世多言呂初由劒俠入非是此正道家以
氣鍊劒者自有成法神仙事渺茫不可知疑信者蓋
相半然是身本何物固自有主之者區區百骸亦何
足言棄之則爲佛存之則爲仙在去留間爾洞賓雖
非余所得見然世要必有此人也

余少好藏三代秦漢間遺器遭錢唐兵亂盡亡之後
有遺余古銅鳩杖頭色如碧玉因以天台藤杖爲幹
植之每置左右今年所親章徽州在平江有觿銅酒
器其首爲牛制作簡質其間塗金隱隱猶可見意古
之兕觥會余生朝章亟取爲余壽余欣然戲之曰正
患吾鳩杖無侶造物豈以是假之耶二物常以自隨
往歲行山間使童子操杖以從殆以爲觀爾未必真
須此物也邇來足力漸覺微陟降殆不可無時坐石
間兒子輩環側輒倚杖使以觥酌酒而進即爲引滿

常亦自笑其癖項有嘲好古者謬云以市古物不計直破家無以食遂爲丐猶持所有顏子陋巷瓢號於人曰孰有太公九府錢乞一文吾得無似之耶

陶淵明所記桃花源今鼎州桃花觀即是其處余雖不及至數以問湖湘間人頗能言其勝事云自晉宋來由此上昇者六人山十里間無雜禽惟二鳥往來觀中未嘗有增損鳥新舊更易不可知者老相傳自晉迄今如此每有貴客來鳥輒先號鳴庭間人率以爲占淵明言劉子驥聞之欲往不果子驥見晉書隱

逸傳即劉驎之子驎其字也傳子驎採藥衡山深入忘反見一澗水南有二石囷其一閉一開開者水深廣不可過或說其間皆仙靈方藥諸雜物旣還失道從伐木人問徑始能歸後欲更往終不復得大類桃源事但不見其人爾晉宋間如此異亦頗多王烈石髓亦其一也鎮江茅山世以比桃源余頃罷鎮建康時往遊三日按圖記問其故事山中人一一指數皆可名然亦無甚奇勝處而自漢以來傳之宜不謬華陽洞最知名纔爲裂石闊不滿三四尺其高三尺不

可入金壇福地在其下道流云近歲劉渾康嘗得入百餘步其言甚誇無可考不知何緣能進韓退之未嘗過江而詩有煩君直入華陽洞割取乖龍左耳來意當有爲不止爲洞言也

劇談終

志怪錄

唐　陸勳撰　武林鍾人傑閲

勸酒女子

有董氏女病邪多不食時時索酒酒飲後後作作胡胡旋舞舞頻年醫治不差云常有一女子來相伴如夢寐中家人後於櫥間得一一勸勸酒酒女女子子疑之作祟遂焚之其女自此愈矣

澡盆

文獻公誕時一蚍自屋隊于前舉頭張喙久之方去

及七日浴忽飄風暴雨劈其澡盆爲二片與母俱無驚動

鬼物

有人夜泊舟于富春間月色澹然見一人於沙際吟曰陊江三十年潮打形骸朽家人都不知何處奠杯酒舟人問曰君是誰可示姓名否又吟曰莫問我姓名向君言亦空潮生沙骨冷魂魄悲秋風舟人上岸揖之遂失所在

林中惟

黃龍說明州黃使君時有吏人家竹園甚廣秋夕明月見車馬十乘隊長數寸馬大如鼠或持鎗劒或負弓弩次第自林中出望其園門軋然而開似有人拔開吏人驚懼呼家人隨後觀之從江橋過望西南而馳問知所之吏人明旦伐去竹林無所見其家亦無患害

枯竹根

金樓子云山中夜見胡人者銅鐵精也中宵見火光者朽木也皆不爲害温州有人山中遇一波斯抱野

雞見人揮霍鑽入石壁中其石自合襲明子嘗聞外舅說頃歲莊墻間熒熒光尺餘時兼兄弟中有不寧者衆謂之惟憂之數夕炳然如初外舅情不甘乃就拔之得一物置燈下看乃枯竹根耳其光遂滅病者無咎

宅泣

顧全武於越中廣搜梗柟建宅甚宏壯畢工之際梁棟皆出水戶牖潰濕竟不得入斯屋而卒人謂之宅泣。

恡婢

鄭彥榮買得一婢年十五六容色不舒常頳然鄭詰之姝不對但低頭而已忽爾火光屋塼甩亂擲牀榻俱震鄭甚懼猶未疑其婢自後或食饌穢汙或財帛潛失日見鼠人立夜有物歌吟召行道法者書符厭劾終不能勝婢自云但可驅使無有他事卽日平靜問其所從曰常有一男子夜來同處性頗剛戾如别有顧卽見嗔怒爾鄭旣知不敢駐乃賤售之其年鄭

遇害

虱異

揚州蘇隱夜臥聞被下有數人齊念阿房宮賦聲緊而小急開被視之無他物惟得虱十餘其大如豆殺之即止

髮變血

梁鄴上元後忽髮變如血卜曰元夜食牛肺犯天樞巡使夜行禱謝可免

猪肝中有識書

白浦民剖猪肝肝中有一紙大如手色如新書云煙

蒼蒼明年無糧次年巢寇起州郡多荒

狗歌怨

吏人蔡超家狗作惟蹲於堂上將拍板唱歌聲悲怨又一旦覓頭巾不見戴在竈上坐其月超遇害

蟾蜍

沈慶校書說鏡中有一吏人家女病邪飲食無恒或歌或哭躶形奔馳抓毀面目遂召巫者治之結壇場鳴鼓吹禁呪之次有一乘航船者偶駐泪門首河内枕舷卧忽見陰溝中一蟾蜍大如椀朱眼毛脚隨鼓

聲作舞乃將篙撥得縛於傍板下聞其女呌云何故縛我婿船者乃扣門語其主曰某善除此疾主深喜問其所欲云秪希數千文別無所求主曰某惟此女偏愛之前後醫療巳數百緡如得愈何惜數千邪願倍酬之船者乃將其蟾以油熬之女豈日差

爛蔬首

陸承澤遷新居有一女子布服戴巾蒙其面入門氣息穢惡云叵耐此輩當鞭殺人問曰何者卽息聲再問亦不應陸怒令人起巾廼一髡爛蔬首其年陸遇

宮

雙筆自舞

杜昭遠將失寵幸家多妖物晝見狗作雞鳴嘗一日架上雙筆起舞相對曰旋不已杜曰既爲祟能自書乎右一筆倒硯中漬其毫於案上大書一殺字其年杜陷大辟

枕聲

中郎王文英枕自作聲

髮異

孤山寺前楓樹上有一鵲巢甚偉人上取其子探得頭髮子數結光潤各長五尺莫知其由

一團毛

明州有市人家見一大鳥飛入室家人擊殺之回似人身一團毛而已可重數兩乃掛於籬上旬日其家月下會宗忽從籬下地人立而語自稱我偶避猛鷙到此爾何見殺方欲陰論今值爾飲酒我甚思得一杯荷惠之即不爲仇矣席人驚避乃自於尊中吸之及啄筵內餚饌畢望空而奮莫知所以壽州牧有事

其家郎無咎

猪臂

吳中有一人於曲阿見塘上有一女子貌端正呼之郎來便留宿乃解金鈴繫其臂至明日更求女却無人忽過猪牢邊見母猪臂上有金鈴

攝鏡

吳興許寂之太元中忽有鬼怪攝取大鏡以內器裏

石立

後趙錄云塗中有大石可二丈許自立石勒命斷之有

魚羊之文于是字玄羊

皂莢

元符三年冬內人自泰陵還摘皂莢一籠入宮門籠輒自躍皂莢皆躍出

宮屏婦人

元和初有士人因醉臥廳中及醒見古屏上婦人等悉於床前踏歌歌曰長安女兒踏春陽無處春陽不斷腸士人驚叱之忽然上屏

燕化女子

昔有燕飛入人家化爲一小女子長僅三寸自言天女能先知吉凶

蝦蟆毒

丘傑年十四遭母喪以熟菜有味不嘗於口歲餘忽夢母曰汝啖生菜遇蝦蟆毒靈牀前有三丸藥可取服之傑驚起果得甌中藥服之下科斗子數升

鼓鞞響

晉孝武太元中帝每聞手巾箱中有鼓吹鞞角響於是請僧齋會夜見一臂長三丈餘手長數尺來摹經

案

一物如人眼

蕭餘上元夜於宣陽里酒盤下得一物如人眼睛其體類美石光彩射人餘夜遊市肆鬧置掌中每行黑闇衕巷隨身光明三尺毫末可鑒後因而飛出

人頭食肉

鄧喜殺猪祀神治畢懸之忽見一人頭徃食肉喜引弓射之咋咋作聲繞屋三日

水影

大曆末深洲東鹿縣中有水影長七八尺遥望見人馬往來如在水中及至前不見水

桑樹哭

晉孝懷帝永嘉二年冬項縣桑樹有聲如解材人謂之桑樹哭

怪疾

陳子直主簿妻有異疾每腹脹則腹中有聲如擊鼓遠聞于外行人過門者皆謂其家作樂腹消則鼓聲亦止一月一作醫莫能知

錄終

諧噱錄

唐　朱揆纂　武林徐仁中閱

蹲鴟

張九齡知蕭炅不學故相調謔一日送芋書稱蹲鴟蕭答云損芋拜嘉惟蹲鴟未至耳然僕家多怪亦不願見此惡鳥也九齡以書示客滿坐大笑

狗枷犢鼻

江夏王義恭性愛古物常遍就朝士求之侍中何勗已有所送而王徵索不已何甚不平嘗出行于道中

見狗枷犢鼻乃命左右取之還以箱擎送之牋曰拳復古物今奉李斯狗枷相如犢鼻

鴨姓奚

客有曰犬姓盧雞姓朱沈尚書曰雞既姓朱則鴨姓奚也坐上一人謂鴨姓奚至今傳之

戲仆

唐道士程子宵登華山上方偶有顛仆郎中宇文翰致書戲之曰不知上得不得且怪懸之又懸

謔夢

符堅將欲南伐夢滿城出菜又地東南傾其占曰菜多難爲醬東南傾江左不得平也

浣溪沙孔子

唐宰相孔緯甞拜官敎坊伶人繼至求利市有石野猪獨行先到有所賜乃謂曰宅中甚闕不得厚致若見諸野猪幸勿言也復有一伶至乃索其笛揞竅問曰何者是浣溪沙孔子伶大笑之

大虫老鼠

陸長源以舊德爲宣武軍行司馬韓愈爲廵官同在

使幕或譏年輩相懸陸曰大虫老鼠俱爲十二屬何怪之有

雌甲辰

裴晉公度在相位日有人寄槐瘿一枚欲削爲枕時郎中庾威世稱博物召請别之庾捧玩良久白曰此槐瘿是雌樹生者恐不堪用裴曰郎中甲子多少庾曰某與令公同是甲辰生公笑曰郎中便是雌甲辰

負枷

隋河間劉焯與從侄炫並有儒學俱犯法被禁縣東

不知其大儒也咸與栁著焯曰終日栁中坐而不見
家炫曰亦終日負栁坐而不見也

蒼蒼在鬢

齊主客郎頓丘李恕身短盧詢祖腰粗恕曰盧郎腰粗帶難匝荅曰丈人身短袍易長恕又謂詢祖曰盧郎聰明必不壽荅曰見丈人蒼蒼在鬢差以自安

少卿

後魏孫紹歷職內外垂老始拜太府少卿謝曰靈太后曰公年似太老紹重拜曰臣年雖老卿年大少后

大笑曰是將正卿

戲白

有借界尺筆槽而破其槽者白其主人曰韓直木如常孤竹君無恙但半面之交忽然折節矣主人大笑

就溺

顧愷之痴信小術桓玄嘗以柳葉給之曰此蟬翳葉也以自蔽人不見巳愷之引葉自蔽玄就溺焉愷之信其不見巳以珍重之

蝦蟆

俗嘲云一跳八尺再跳丈六從春至夏裸袒相逐無

地取作掉尾蕭蕭

嗜酒食

徐晦嗜酒沈傳師善食楊復云徐家肺沈家脾其安

穩耶

眼中安障

方干作令嘲李主簿目翳曰只見門外着籬未見眼

中安障

危詩

韓玄與顧愷之同在仲堪坐共作危詩一叅軍云盲人騎瞎馬夜半臨深池仲堪眇一目驚曰此太逼人因罷

三鹿郡公

袁利見爲性頑獷方棠謂袁生巳封三鹿郡公蓋譏其太麄踈也

姓木邊

桓伊詣王遵遵謂左右曰門何爲通桓氏我聞人姓木邊便欲殺之況諸桓乎

畧不識字

人謂邢子才孽子大德大道畧不識字

却老先生

王僧虔晚年惡白髮一日對客左右進銅鑷僧虔曰郄老先生至矣庶幾乎

長柄葫蘆

二陸初入洛詣劉道真初無他言惟問東吳有長柄葫蘆卿得種來不陸殊失望

八百錢烏

南陽太守張忠曰吾年徃志盡譬如八百錢烏生死同價

醜婦效顰

劉季和性愛香常如厠還輒過香爐上主簿張坦曰人名公作俗人不虚也季和曰荀令君至人家坐席三日香坦曰醜婦效顰見者必走公欲某遁去耶季和大笑

不櫛進士

閩圖有妹能文毎語人曰有一進士所恨不櫛耳

石發

魏時諸王及貴臣多服石藥皆稱石發乃有熱者亦云服石發熱時人多嫌其詐作富貴體有一人于市門前卧宛轉稱熱衆恠問之答曰我石發衆曰君何時服石曰我昨市米中有石食之今發衆人大笑

堯典

有人將虞永典手寫尚書典錢李尚書選曰經書那可典其人曰前已是堯典舜典

噴嚏

玄宗與諸王會食寧王對御坐歕一口飯直及龍顏上曰寧哥何故錯喉幡綽曰此非錯喉是噴嚏

狂勝癡

吳興沈昭畧性狂嘗醉遇瑯琊王約張目視之曰汝何肥而癡約曰汝何瘦而狂昭畧撫掌大笑曰瘦已勝肥狂又勝癡

驢寧勝馬

晉諸葛恢與丞相王導共爭姓族先後王曰何以不言葛王而言王葛答曰譬如言驢馬驢寧勝馬也

故是一鳳

鄧艾口吃語稱艾艾晉文王戲之曰艾艾爲是幾艾對曰鳳兮鳳兮故是一鳳

山驢王

梁祖曰趙崇是輕薄圓頭於鄂州坐上佯不識駱馳呼爲山驢王

漸至佳境

顧長康噉甘蔗先食尾人問所以云漸至佳境

我儷書

郝隆七月七日日中仰臥人問其故答曰我曬書

破蝨

破蝨者因官妓惡蝨坐客爭記蝨事戲之因纂成錄

所出同

孫權使太子嘲恪曰諸葛元遜食馬矢一石恪答曰臣得戲君子得戲父乞令太子食雞卵三百枚上問恪曰人令君食馬矢君令人食雞卵何也恪答曰所出同耳

牛羊下來

侯白好俳諧一日楊素與牛弘退朝白語之曰日之夕矣素曰以我爲牛羊下來耶

煑簀

漢人適吳吳人食笋問何物曰竹也歸煑其簀不熟曰吳人欺我哉

食鹽醋

盧相邁不食鹽醋同列問之足下不食鹽醋何堪邁笑曰足下終日食鹽醋復又何堪

阿婆舞

鄭修出妓以宴趙紳而舞者年已長伶人孫子多獻口號云相公經文復經武常侍好今兼好古昔日曾聞阿武歌今日親見阿婆舞。

刼墓賊

廖凝覽裴說經杜工部墓詩曰擬鑿孤墳破重教大雅生笑曰裴說刼墓賊耳

奉佛

二郗奉道二何奉佛皆以財賄謝中郎云二郗諂於道二何佞於佛。

似舅

桓豹奴是王丹陽外甥形似其舅桓甚諱之宣武云不恒相似時似耳恒似是形時似是神桓逾不説

錄終

驚聽錄

宋　皇甫枚撰　明潘之淙閲

韓文公之寢疾也名醫良藥日進有加而無瘳忽宵中驚悸既寤而汗霑衾裯命侍人扶坐小君問之良久曰向來夢神人長丈餘金鎧持戟直入寢門我不覺降階拜之自稱大聖瞋目謂我曰雎遼骨梲國世與韓爲讐吾欲討之而不能如何我跪答曰願從大聖討焉不旬日而文公薨果從其請矣

滎陽郡城西有末福湖引鄭水以注之平時繞岸皆

臺樹花木乃太守劾勞班餞之所西南壖多修竹喬林則故徐帥崔常侍彥曾別業也當咸通中龐勛之作變崔公爲所執也湖水如凝血者三日而復未幾而其家凶問至余光啓初寓居鄭地故得之昔讀本朝書見河間王之征輔公祏也江行舟中宴羣帥命左右以金盌酌江水至忽化爲血合坐失色王徐曰盌中之血公祏授首之徵果破之則禍福之難明也如是

陸存者愚儒也衰白之後方調授汝州郟城令時乾

符丁酉歲也是秋王仙芝黨與起自海沂來攻郡途
經郟城存微服將遁爲賊所虜其酋問曰汝何等人
也存紿之曰某庖人也乃令溲煎油作䭔飥者移時
不成賊酋怒曰這漢謾語把劒來存懼急撮麪兩手
速捎曰祖祖父父世世業業衆大笑釋之時縣尉李
庭妻崔氏有殊色賊至爲所掠將妻之崔氏大詬曰
我公卿家女爲士君子妻死乃緣命豈可受草賊汚
辱賊怒刳其心而食見者無不灑涕
汝州魯山縣西六十里小山間有祠曰女靈觀其像

獨一女子焉低鬟嚬蛾艷冶而有悠慕之色祠堂後
平地惟石圍數畝上擢三峯皆十餘丈森然肖泰華
也詢之老人云大中初斯地忽暴風驟雨襄丘陵震
屋瓦一夕而止遂有茲山其神見形於樵蘇者曰吾
商於之女也帝命有此百里之境可告鄉里爲吾立
祠於山前山亦吾所持來者無曠時祭當福汝鄉人
遂建祠官書祀典歷數世矣咸通末余調補縣印吏
實尸嘗祭與同舍生譙國夏侯禎偕行祭畢與禎縱
觀祠內禎獨眷眷不能去乃索巵酒酬曰夏侯禎於

年未有匹偶今者仰覩靈姿願爲廟中掃除之隸神其鑒乎既舍爵乃歸其夕夏侯生惝恍不寐若爲陰靈所中其僕來告余走視之則目瞪口噤不能言矣余謂曰得非女靈乎禎頷焉余命吏載楮鏹潔尊虔而禱曰夫人嶽鎮愛女疆場明祗致禾黍豐登戢虎狼暴殄斯神之任也今日之祭乃郡縣常祀某職其事敢不嚴恭豈謂友生不勝醆斝之餘至有慢言黷於神聽今疾作矣豈降之罰邪抑果其請邪若降之罰是以一言而斃一國士是違好生之德當尊戮之

辜帝豈不降鑒而使神祇眉於下乎若果其請是以一言舍貞靜之道播淫佚之風緣張碩而動雲軿顧交甫而解明佩若九閽一吽必貽幃箔不修之責况天下多美丈夫何必是也神其聽之奠訖夏侯生康豫如故

渤海封夫人諱詢字景文天官侍郎敖孫也諸兄皆貢士有聲於名場夫人氣韻恬和容止都雅善草隸工文章盛飾則芙蕖出綠波巧思則柳絮因風起至於嬿靜之法剪製之工固不學而生知媚黨號爲淑

女咸通戊子歲始從媒贄移天于殷門啟秘省校書保晦遐搆遐搆兄余寮壻也愛鍾自出姑實親姨夙夜蒸蒸劬勞無怠廣明庚子歲妖纏黃道釁啓自丁闕輔烽飛輦轂遐狩以天府陸海之盛奄化于鯨鯢腹中郎冬十二月七日也邦人大潰校書自永寧里所居盡室潛于蘭陵里蕭氏池臺地隣五門以爲賊不復入至明日羣凶霧合秘校遂爲所俘賊酋覩夫人之麗將欲叱後乘以載之夫人正色相拒確然不移誘說萬辭但瞑目反背而莫顧日將夕賊酋勃然

起曰行則保羅綺於百齡止則取蘋粉於一劍夫人奮袂罵曰狂賊狂賊我生於公卿高門爲士君子正室琴瑟叶奏鳳凰和鳴豈意昊天不容降此大厲守正而死猶生之年終不負穢包羞於汝逆豎之手言訖遇害賊酋既去秘校脫身來歸侍婢迎門白夫人逝矣秘校拊膺失聲而前枕屍於股大慟良久揮淚於夫人面曰景文景文即相見遂長號而絕三婢子覩主父主母俱殞乃相[illegible]投浚井而死人曰噫二主二夫實士女之醜二[illegible]臨危抗節乃丈夫難事豈

謂今見於女德哉渤海之媛汝陰之嬪貞烈規儀未
光於彤管矣辛丑歲遐搆兄出自雍話茲事以余有
春秋學命筆削以備史官之闕
廣明庚子歲余在汝墳溫泉之别業夏四月朔旦雲
物暴起於西北隅瞬息間濃雲四塞大風壞屋拔木
雨且雹雹有如桮棬者鳥獸盡殪被於山澤中至午
方霽觀行潦之內蝦蟹甚衆明日余抵洛城自長夏
門之北夾道古槐十拔去五六矣門之鴟吻亦失矣
余以爲非吉徵也至八月汝州召募軍李逋光等一

千五百人自鴈門回掠東都南市焚長夏門而去入蜀自玆諸夏騷蕩矣上天垂戒豈虛也哉

許州長葛令嚴郜衣冠族也立性簡直雖羈束於官署常畜退心咸通中罷任乃於縣西北境上陘山陽置別業良田萬頃桑柘成陰奇花芳草與松竹交錯引泉成沼踈阜爲臺盡登臨之志矣夫人河東裴氏有三女長適滎陽鄭氏次適京兆杜氏幼曰阿珊特端麗妍瑩乙巳歲年十五矣時清明節嚴公令盡室登陘山山西岑有鄭大王祠乃於祠內薦酒饌令諸

女縱觀日晚方歸降及山之半旋風忽起于道左繚繞諸女塵坌陰晦衆皆驚懼而阿珊獨仆於地色變不能言鬟上失雙金翹乃扶持而歸召巫者視之巫譯神言曰我鄭大王也今聘爾女爲第三子婦其家遽使齋酒餚紙錢令巫者詣祠祈之既至得金翹於神坐上巫者再三請禱神終言不可明日阿珊殞便憑巫言以達所以嚴氏遂令送服玩設禮筵于祠内厥後毎有所須必託巫言告其家嚴公夫人即余室之諸姑也故得其實而傳之

錄終

瀟湘録

唐　李隱撰　　武林　朱五芳閲

高宗承祧後多患頭風召醫於四方終不得瘳有一宫人忽自陳世業醫術請修合藥餌高宗初未之信及堅論奏遂令宦者監之修藥宫人開坎作藥爐穿地方深一二尺忽有一蝦蟆跳出如黄金色背上有朱書字宫人不敢匿其事乃進於上高宗不曉其兆遽命放於後苑池内宫人遂别擇地穿藥爐方深一二尺復得前金色蝦蟆又聞於上上惡之以爲不祥

命殺而棄焉至夜其修藥宮人與宦者皆無疾而卒則天末年益州有一老父携一藥壺於城中賣藥得錢卽轉濟貧乏自不食時卽飲淨水如此經歲餘百姓賴之有疾得藥者無不愈或自游江岸閒眺末日又或登高引頸不語每遇有識者必告之曰人一身便如一國也人心卽帝王也傍列臟腑卽宰輔也外具九竅卽羣臣也故心病則內外不可救之何異君亂於上臣下不可止之乎但凡欲身之無病必須先正其心不使氣索不使狂思不使嗜慾不使迷惑則

心先無病心無病則餘臟腑雖有病不難療也外之九竅亦無由受病也況藥有君有臣有佐有使或攻其病君先臣次然後用佐用使自然合宜如失其序必自亂也又何能救病此猶家國任人也老夫賣藥常以此爲念每見愚者一身君不君臣不臣使九竅之邪恣納其病以至於良醫目逃名藥不効猶不自知悲夫士君子記之忽一日獨詣錦江解衣淨浴探壺中唯選一丸藥自吞之謂衆人曰老夫謫限已滿今却歸島上俄化爲一白鶴飛去其衣與藥壺並沒

於水求尋不得

相國李林甫家一奴號蒼璧性敏慧林甫憐之一日忽卒然而死經宿復蘇林甫問之曰死時到何處見何事因何却得生也奴曰死時固不覺其死但忽於門前見儀仗擁一貴人經過有似君上方潛窺之遽有數人走來擒去去至一峭拔奇秀之山俄及一大樓下須臾有三四人黃衣小兒曰且立於此候君旨見殿上捲一朱翠簾依稀見一貴人坐臨砌似判斷公事殿前東西立仗衛約千餘人有一朱衣人携

一文簿奏言是新奉位亂國革命者安祿山及祿山後相次三朝亂主兼同時悖亂貴人定案毀上人間朱衣曰大唐君隆基君人之數雖將足壽命之數未足如何朱衣曰大唐之君奢侈不節儉本合折數但緣不好殺有仁心故壽命之數在焉又問曰安祿山之後數人僣爲僞主殺害黎元當須速止之無令殺人過多以傷上帝心慮罪及我府事行之日當速止之朱衣奏曰唐君紹位臨御以來天下之人安堵樂業亦已久矣據期運推遷之數天下之人亦合罹亂

惶惶至矣廣害黎元必至傷上帝心也殿上人曰宜速舉而行之無失他安祿山之時也又謂朱衣曰宜便先追取李林甫楊國忠也朱衣曰唯受命而退俄頃有一朱衣捧文簿至奏曰大唐第六朝天子復位及佐命大臣文簿殿上人曰可惜大唐世民効力甚苦方得天下治到今日復亂也雖嗣主復位乃至於末代終不治也謂朱衣曰但速行之朱衣奏訖又退及將日夕忽殿上有一小兒忽喚蒼璧令對見蒼璧方子細見殿上一人坐碧玉案衣道服帶白玉冠謂

蒼璧曰當却回寄語李林甫速來歸我紫府應知人間之苦也蒼璧尋得放回林甫知必不久時亂矣遂潛恣酒色焉

楊貴妃忽晝寢驚覺見簾外有雲氣氤氲令宫人視之見一白鳳銜一書有似詔勑自空而下立於寢殿前宫人白貴妃貴妃起而熟視之遂命焚香親受其書命宫嬪披讀其文曰勑謫仙子楊氏爾居玉闕之時常多傲慢謫塵寰之後轉有驕矜以聲色惑人君以寵愛庇族屬内則韓虢蠹政外則國忠秉權殊無

知過之心顯有亂時之迹比當限滿合議復歸其如罪更愈深法不可貸專茲告示且與沉淪宜令死於人世貴妃極惡之令宮闈閉(勿)秘此事亦不聞於上其鳳尋飛去其書藏於玉匣中三日後失之

天寶年中楊國忠權勢漸高四方奉貢珍寶莫不先獻之豪富奢華朝廷間無敵忽有婦人自投其宅請見國忠閽人拒之婦人大叫言於閽曰我直有一大事要白楊公爾如何艱阻我若不令得見楊公我當令火發盡焚楊公宅閽人懼遂告國忠國忠甚驚遽

召見婦人見國忠曰公爲相國何不知否泰之道邪公位極人臣又聯國戚名動區宇亦已久矣奢佚不節德義不修壅塞賢路諂媚君上又久矣略不能效前朝房杜之蹤跡以社稷爲念賢愚不別但納賄於門者爵而祿之才德之士伏於林泉不一顧錄以恩付兵柄以愛使民牧噫欲社稷安而保家族必不可也國忠大怒問婦人曰汝自何來何造次觸犯宰相不懼死邪婦人曰公自不知有死罪翻以我爲死罪國忠極怒命左右欲斬之婦人忽復自滅國忠驚疑

未久又復立於前國忠問曰是何妖邪婦人曰我實惜高祖太宗之社稷將被一匹夫傾覆公不解爲宰相雖處輔佐之位無輔佐之功公一死小事爾可痛者國自此弱幾不保其宗廟亂將至矣胡怒之邪我來白於公胡多事也我今却退胡有公也公胡死也民胡災也言訖笑而出令人逐之不見後至祿山起兵方悟胡字焉

杜修己者趙人也善醫其妻卽趙州富人薛氏女也性淫佚修己家養一白犬甚愛之每與珍饌食後修

已出其犬突入室内欲齧修已妻薛仍似有姦私之心薛氏因恠而問之曰爾欲私我邪若然則勿齧我犬即搖尾登其床薛氏懼而私焉其犬畧不異於人爾後每修已出必姦淫無度忽一日方在內同寢修已自外入見之因欲殺犬犬走出修已怒出其妻薛氏後歸薛贇半年其犬忽突入贇家口銜薛氏髻而背負走出家人趕奪之不得不知所之犬携薛氏直入恒山潛之每至夜即下山竊所食之物晝則守薛氏經一年薛氏有孕生一男雖形貌如人而偏身白

毛薛氏只於山中撫養之又一年其犬忽死薛氏乃抱子迤邐出山入冀州求食有知此事者遠詣薛贇家以告贇遽令家人取至家其所生子年十七形貌醜陋性復兇惡每私走作盜賊或旬餘或數月卽復還薛贇患之欲殺焉薛氏乃私誡其子曰爾是一白犬之種也幼時我不忍殺爾今日在他薛家豈合更不謹若更私出外爲賊薛家人必殺爾實恐爾累及他當改之其子大號泣而言曰我稟犬之氣而生也無人心好殺爲賊自然耳何以爲過薛贇能容我卽

容之不能容我即當與我一言何殺我邪母當自愛
我其遠去不復來矣薛氏堅留之不得乃謂曰去即
可何不時來一省我也我是爾之母爭忍永不見也
其子又號哭而言曰後三年我復來耳携劒拜母而
去又三年其子領羣盜千餘人至門自稱曰將軍既
入拜母後令羣盜殺其薛贇家屬唯留其母焚其宅
携母而去

瀟湘錄終

漫笑錄

宋 徐慥纂　武林潘之淙閲

太祖皇帝旣下河北欲乘勝取幽燕或以師老爲言太祖不能決時納言趙中令留守汴都走書問之趙回奏曰所得者少所失者多非惟得少之中尤難入手又從失多之後別有關心太祖得奏即日班師

熙寧中上元宣仁太后御樓觀燈召外族悉集樓前神宗皇帝數遣黄門稟曰外家有合推恩乞疏示姓名即降處分宣仁答曰此自有處不煩聖慮明日上

問何以處之宣仁答曰大者各與絹二疋小者分與乳糖獅子二箇内外已歎仰后德爲不可及也

元豐中王岐公位宰相王和父尹京上眷甚渥行且大用岐公乘間奏曰京師術者皆言王安禮明年二月作執政神宗怒曰執政除拜由朕豈由術者之言他日縱當此補特且遲之明年春安禮果拜右丞珪曰陛下乃違前言何也上默然久之曰朕偶忘記信知果是命也

章公惇罷相俄落職林公希爲舍人當制制詞云悖

倖無大臣之節。怏怏非少主之臣。章相寄聲曰此一聯無乃太甚。林答曰長官發惡雜職棒毒無足怪也

東坡嘗謂錢穆父曰尋常往來心知稱家有無草草相聚不必過為具穆父一日折簡召坡食皛飯及至乃設飯一盂。蘿蔔一楪。白湯一盞而已蓋以三白為皛也後數日坡復召穆父食毳飯穆父意坡必有毛物相報比至日晏。並不設食。穆父餒甚坡曰蘿蔔湯飯俱毛也穆父歎曰子瞻可謂善戲謔者也

司馬溫公與蘇子瞻論茶墨俱香云茶與墨二者正

相反茶欲白墨欲黑茶欲重墨欲輕茶欲新墨欲陳蘇曰奇茶妙墨俱香是其德同也皆堅是其操同也譬如賢人君子黔皙美惡之不同其德操一也公笑以爲然

王和父守金陵荆公退居半山每出跨驢從二村僕一日入城忽遇和父之出公亟入編戶家避之老姥自言病痁求藥公隨行偶有藥取以遺之姥酬以麻線一縷云相公可將歸與相婆也公笑而受之

東坡聞荆公字說新成戲曰以竹鞭馬爲篤以竹鞭

犬有何可笑又曰鳩字从九从鳥亦有証據詩曰鳲鳩在桑其子七兮和爹和娘恰是九箇

今人秘色磁器世言錢氏有國日越州燒進爲供奉之物不得臣庶用之故云秘色嘗見陸龜蒙詩集越器云九秋風露越窑開奪得千峯翠色來好向中宵盛沆瀣共嵇中散鬬遺杯乃知唐已有秘色矣

歐陽詢化度寺碑虞世南孔子廟堂記栁公權陰符經叙三公以書名三碑又最精者

佛印禪師爲王觀文陞座云此一瓣香奉爲掃煙塵

博士護世界大王殺人不睫眼上將軍立地成佛大居士王公大喜爲其久帥多專殺也

三蘇自蜀來張安道歐陽永叔爲延譽於朝自是名譽大振明允一日見安道問云令嗣近日看甚文字明允答以軾近日方再看前漢安道曰文字尚看兩徧乎明允歸以語子瞻曰此老特不知世間人果有看三徧者安道嘗借人十七史經月即還云已盡其天資强記數行俱下前輩宿儒罕能及之

李賓王利用鄙易躬行君子人也嘗云郭林宗作玉

管通神有四句云貴賤視其眉目安否察其皮毛苦樂觀其手足貧富觀其顴頰

毗陵有戚郎中宣和中爲省官貌不揚而多髭再娶之夕岳母陋之曰我女如菩薩乃嫁一麻胡命戚作舉蒙詩成乃操筆大書云一床兩好世間無好女如何得好夫高捲朱簾明點燭試教菩薩看麻胡其女亦能安分隨緣和鳴偕老兒女成行各以壽終

蘇子瞻任鳳翔府節度判官章子厚爲商州令同試永興軍進士劉原父爲帥皆以國士遇之二人相得

歡甚同游南山諸寺寺有山魈爲祟客不敢宿子厚宿山魈不敢出抵仙游潭下臨絶壁萬仞岸甚狹橫木架橋子厚推子瞻過潭書壁子瞻不敢過子厚平步以過用索繫樹躡之上下神色不動以漆墨濡筆大書石壁上曰章惇蘇軾來遊子瞻拊其背曰子厚必能殺人子厚曰何也子瞻曰能自拚命者能殺人也子厚大笑

漫笑錄終

記事珠

唐　馮贄纂　顧懋樊挍閲

讀書數真珠以記

于授幼時家以綵真珠勝爲簾押授讀書數真珠以記日輒一遍

玉女進食

嵩高山下有石室名讃觴内有仙書無數昔之人方田讀書于内玉女進以飲食

馬嵬錦韈

楊貴妃死之日馬嵬媼得錦袎襪一隻遇過客一翫百錢前後獲錢無數

續骨膏

武帝以金彈彈鳥破其白光琉璃馬鞍甚悔恨之李少君取續骨和豨膏接之映日而視初無損處

自然簾

徐福爲始皇作自然之簾懸于宮門始皇抱文珠置膝上其簾便下去之則簾自捲不事鈎也故又名不鈎

無字碑

趙崇㲿重清介門無雜賓慕王濛劉真長之風也標格清峻不爲文章號曰無字碑

安石榴

李漢㓝胡瑪瑙盤盛送王莒曰安石榴莒見之不疑既食乃覺

香尉

漢雍仲子進南海香物拜涪陽尉人謂之香尉

蒲桃髻

小兒髮初生爲小髻十數其父母爲兒女相勝之辭曰蕭桃髻十穗勝五穗

魚脊出金釵

寶曆中酉陽人見釣魚師有魚腦貫黃文愛而買歸食至脊上出金釵一隻長六寸

惜春御史

穆宗每宮中花開則以重頂帳蒙蔽欄檻置惜春御史掌之

麵部尚書

汝陽王璡取雲夢石甃泛春渠以置酒作金銀龜魚浮沉其中爲酌酒具自稱釀王兼麴部尚書

糠市

洛陽振德坊皆貧民側享糟糠之薄賀知章目爲糠市

碧落侍郎

沈羲爲仙人所迎見老君以金按玉盤賜之後授官爲碧落侍郎

獵蠅記室

盧記室多作脯腊夏則委人於十步肉扇上塗餳以撲蠅脯以青紗障隔塵土時人呼爲獵蠅記室

噴墨

班孟嚼墨一噴皆成字竟紙各有意義

九花虬

代宗時范陽貢馬額高九寸眞虬龍也身被五花紋號九花虬後以賜郭子儀

茗戰

建人謂鬬茶爲茗戰

溫柔鄉

成帝謂合德爲溫柔鄉曰吾老是鄉柔不能效武帝求白雲鄉也

狐穴詩人

唐末有矞子曠者能詩喜用僻事時人謂之狐穴詩人

寶井

范蠡收四方難得之貨或藏之井塹謂之寶井麗色溢於閨房謂之游宮

瓊厨金

光武皇后弟郭况家工冶之聲不絶人謂之郭氏之室不雨而雷東京謂况家爲瓊厨金穴

粧點芳草

午橋莊小兒坡茂草盈里晉公每使數羣羊散于坡上曰芳草多情賴此粧點也

貴家棋子

開成中貴家以紫檀心瑞龍腦爲棋子

桃花醋

唐世風俗貴重葫蘆醬桃花醋照水油

眉月如畫

馬援眉目如畫

忌日

齊世祖于南康郡作樂有絲無管空中聞有篪聲調節相應

鮫人淚

鮫人之淚圓者成明珠長者成玉筯

歌兩曲

絳樹一聲能歌兩曲二人相聽各聞一曲一字不亂人疑其一聲在鼻

沈約集

謝秘書平生不嗜書獨愛沈約集行立坐臥靡不諷詠

女郎請書

貞元中許商舟行湖中青衣迎入一府女郎請書江海賦碧玉硯銀水玻黎爲匣

恨不讀書

沈攸之晚好讀書手不釋卷嘗歎曰早知窮達有命恨不十年讀書

聚芳圖百帶

宗測春遊山谷見奇花異草則係于帶上歸而圖其形狀名聚芳圖百花帶人多效之

沈休文

沈休文多病六月猶綿帽温爐食薑椒飯不爾則委頓

鶴識字

衛濟川養六鶴日以粥飯啖之三年識字濟川檢書皆使鶴銜取之無差

梨花洗粧

洛陽梨花時人多攜酒其下曰爲梨花洗粧或坐買

樹

怯夜幡

胡陽白壇寺幡刹日中有影月中無影不知何故因號怯夜幡

田水聲

淵明嘗聞田水聲倚杖久聽歎曰秫稻已秀翠色染人時剖胸襟一洗荊棘此水過吾師丈人矣

臥蛇

傳咸掌有臥蛇文指甲上隱起花草如雕刻是以文章過人

桃花紙

楊炎在中書後閣糊窗用桃花紙塗以水油取其明甚

得意田

雲陽改氏值豐年則盡取金錢埋之九里皆滿曰有得意田遂可棄無用金

一醉六日

張麟一醉六日嚙柱幾半

裙幄

長安士女游春野步遇名花則籍草而坐解裙四圍遞繞如奕碁謂之裙幄

貯蘭蕙

王維以黃磁斗貯蘭蕙養以綺石累年彌盛

春草

白樂天有姬善舞名春草

犀如意

虞世南以犀如意爬癢久之歎曰妨吾聲律半工夫

洗筆

白傅每一詩輒洗其筆

杜蘭香

神女杜蘭香降張碩碩問禱何如香曰消摩自可愈疾淫祀無益

夢神

夢神曰趾離呼之而寢夢清而吉

書倉

曹曾積石爲倉以藏書名曹氏書倉

長七寸

李子昂長七寸

自負書劒

凌倚隱衡山往來自負書劒削竹爲擔裹以烏氊覆既死山僧取以供事

樂善錄

宋　李昌齡撰　聞洓挍閱

心者善之本也究夫所本末始不善不幸富貴利害者汩之故不善之心由是而生其間能不失其本者百無一二焉是以無富貴無貧賤作善者常少而作不善者常多無足怪也然予嘗目擊世間積善之士鮮有不終吉者故易曰積善之家必有餘慶又曰善不積不足以成名噫聖人之言豈欺我哉予少也賤負笈四方經歷世故屢嘗患難凡所聞見踐履有益

於人而可補於世者未嘗不積於中爰摭管見裒集得若干餘事目曰積善錄皆所言修身積德濟物也願與天下善士共行之自王公至於庶人咸知積善之爲終吉故言不文辭不飾每事直述其旨要在明道理達倫類辨是非通世務使賢愚貴賤皆得以洞曉之或曰子之言可謂達理若更加潤色則盡善矣余曰不然本朝文章之盛超軼漢唐所不足者節義區區之見蓋在警世諭俗利物濟人何以文爲所患其間類逆耳骨鯁之言與世俗違者甚多未免有毀

譽之私然而公言在我好惡在彼吾何容心哉若夫增廣善事削其繁蕪則有賴於明哲君子時淳熙戊戌冬月序

嚴正

爲父而不能盡父之道則家無孝友之子爲師而不能盡師之道則門無行藝之士爲子而不能盡事父之道則爲不孝爲弟子而不能盡事師之道則爲不知斯四者天下之大經誠不可違也苟欲盡夫爲父爲師之道者無他惟嚴與正而已制之以嚴教之以

正罔不盡善雖文王爲父仲尼爲師不過如是也苟欲盡夫事父師之道者無他惟敬與順而已敬之以禮順其教命則罔有不令雖曾參之爲子顏回之爲弟子不過如是也葢父猶天也師猶父也其勢雖殊其尊一也爲人而不能盡事父師之道者逆天者也是人也若無人禍必有天刑或曰如彼之頑嚚而嚴不足以制之正不足以教之則嚴正何所措諸予對曰誠有是事也然果人也庸有治之以嚴正而不率者乎苟嚴正不足以治之則非人矣任之可也嘗觀

堯舜不能化朱象蓋凡此徒者不可謂之人也人之類而已此韓愈所謂夷狄禽獸皆人者是也予欲天下之爲父子師弟子者各盡其道故發斯言

自守

夫人之爲人莫善於能自守故孟子曰守孰爲大守身爲大守身守之本也蓋言人能守其身則能守其本既能守其本則其末者無所不守小而子女玉帛富貴爵祿大而宗廟社稷家國人民皆可守也苟不能自守其本而貧賤得以移其志得喪足以動其心

如此則非其道非其義非其法者安能保其不爲如是則雖小者亦不能自守焉能守其大者乎柰何士之爲士奚可不自守能自守則不失其爲富貴顯達爲士君子不能自守則不失其爲貧賤窮困爲愚無知斯二者斷無疑矣故曰人之爲人莫善於能自守。

陰德

處世不可不積陰德夫不積陰德者未見其有故于定國父治獄多陰德而知其子孫必興孫敖有埋蛇之陰德而母知其必貴信有之矣然陰

德亦甚易積不以富貴有力者雖尋常之人皆可積也蓋所謂積陰德者非謂廣散金穀多方布施齋設僧道建造寺觀然後謂之積陰德凡爲此者乃愚人作業福非積陰德也或曰何謂業福予對曰蓋彼所聚之財取之多不義取不義之財而廣布施設齋供故謂之作業福非積陰德者也夫所謂積者常操不害物之心出入起居種種行方便如此便是積陰德也今姑以其小者言之如蛾之赴火螘之墮淵而吾能救之亦是積陰德矧夫人有饑寒吾能飽煖之人

有疾厄吾能安樂之救人患難解人之仇怨濟人之困貧不沒人之善不成人之惡不言人之過凡此之類皆積陰德也積德之士苟常以方便存心隨力行之不已則陰德亦厚矣殆見天之報也莫匪福壽之增崇門戶之盛大子孫之榮顯有不可辭者予言不欺力行之可也

戒殺

經曰大夫無故不殺牛士無故不殺犬豕至於王者郊祀然後用特牲此禮制然也所以別尊卑之分也

後世壞法棄禮雖庶人而竊食牛牲犓於羊豕乎以庶人而食祀天之品物非惟有罪縱有福如天亦消去矣蓋彼有不可食者二祀天之物不敢食之有功於民不忍食之若夫道釋者流論食牛罪業之重報應之速予不復舉然而陰陽殊途罪福一致不言而喻凡此等事吾儕患乎不知知之安可不戒也

量飲

予嘗觀世俗會賓客不以貴賤未有不強人以酒者勸人以酒固非惡意然當隨人之量以勸之乃所以

盡賓主之歡也予聞范蜀公接伴契丹勸酒虜使馮見善請曰勸酒當以量若不以量如徭役而不用戶等高下彼夷狄也猶且知勸酒以量矧吾儕生乎衣冠之國動容周旋務在中禮奚可以酒强人而使人失禮節亂情性甚至於吐哇而後已此殆不若夷狄之知禮實可耻也實可醜也好禮之士苟聞予言當以其過而新其德庶幾無愧古人賓主百拜酒三行之禮也

施惠

世間萬物久聚必散自然之禮也夫金穀寶貨雖萬乘之貴久聚亦散然彼所以散者蓋爲養天下而散也苟不爲此而散必若鹿臺鉅橋而散其散一也以是言之則金穀寶貨國家不能久聚而不散也常人可久聚而不散乎予見世之愚者嘗聚金穀寶貨自謂可使子孫世世而不能散此眞癡漢耳誠可惟笑及夫物之當散也不以水火去則盜賊去兵革獄訟去不肖子孫去此事自古皆然非止今日是故鄧通之銅山不能有萬日石崇之金谷何嘗傳百年金穀

寶貨不可久聚也如此故予欲積善之家常以其餘於廣施惠於親戚朋友故舊鄰里之不足者小民之貧困者人有患難疾苦者苟能如是而散之則彼將復聚於吾子孫者無有窮極蓋陰功陰德厚矣予特爲是說以勉世人迷而不悟者云君子毋謂不知言也

僧道

僧道不可入宅院猶鼠雀之不可入倉廪也鼠雀入倉廪未有不食穀粟者僧道入宅院未有不爲亂行

者此事之必然不可隱者也予竊見富家兒常令僧
道入宅院與婦人同起坐而不知耻殆其久而分熟
則未有不爲彼所淫汚者其間無知之輩至於事露
醜出而亦不耻不禁悲夫世間如此等人何異於鳥
獸乎予不忍聞見此等事惟欲賢者知之而今而後
知僧道不可令入宅院故楚諺亦云此輩只堪林下
見不宜引到畫堂前

養生

人之養生唯不可不足若粗足以奉甘旨供祭祀養

妻子備凶荒之外夫復何用良田萬頃日食二升大廈千間夜眠八尺何必區區勞心役已未歲窮年汩汩於殖貨利哉夫如是者乃一守錢虜爲兒孫作馬牛也或曰何謂作馬牛予對曰夫富者之爲利莫非放債取厚利恃勢而兼并致使貧下之民終日逐利以償其債負中人之家終身營家業以待其吞併其或事窮力盡則賣妻鬻子身爲奴僕而後已凡此之類無非爲兒孫作馬牛也嗚呼不徒死作馬牛而且生作馬牛矣彼所以不自知其爲馬牛者未變其頭

角與免鞭策耳苟曰爲子孫計則何不積陰德以遺之開義方以教之使子孫自取富貴故易曰積善之家必有餘慶傳曰愛子教之以義方何區區爲彼作奴僕殖貨利哉倘子孫賢必能爲我守之其或不肖則我聚而彼散反取笑於識者此理昭然不必賢知者知其然雖愚者亦知其然也予嘗憫人之苟富貴者不悟其身爲兒孫作馬牛故特爲是說以警之

室家

治室家御妾婦之道當以至正與夫仁術大抵婦人

女子之情性多淫邪而少正易喜怒而多乖率御之以嚴則事有不測其情不知其内有怨蓋未有久而不爲害者率御之以和則動多違禮其事多專其心無憚蓋未有久而不爲亂者二者皆非君子所以處家人之道其失均也故予謂君子之治室家御妾婦當以正而使嚴行其中當以術而使寬在其中則無太嚴太寬之弊然後䕶之以仁教之以義和之以禮撫之以恩勿聽其言勿受其制勿從其役任以可責之事使以不怨之勞有能不可太寵有過不可窮治

舉動不爲彼所識措畫不爲彼所料如是則彼之平昔所可諟者皆在吾術中矣雖欲事不測而情不和動違禮而事自專內有所怨心無所憚不可得也夫是數者旣不可得而爲則君子之治家室御妾婦之道如斯而已矣

子弟

今子弟之大失者有三自少卽思衣服之鮮華飲食之豐美惟利已之驕惰安逸而不卹人之規正一也不知誦讀經史惟事嬉遊度日稠人廣坐論古今之

道則懵無所知聞世俗之言則欣然而喜既不知恥習以爲常二也身既無學且復忌人之學故於勝己者則遠而不近於佞己者則悅而相親所言莫非庸下所思莫非頗僻三也有此三失父母兄弟所不喜君子長者所不與上官鉅人所不肯薦揚欲立身成名起家以其祖宗可乎苟能甘淡泊而務學問遊有德而遠下流則所知者聖賢之道所聞者正大之言所交者正大之士所行者向上之事如此豈不足以成名乎哉爲子弟者幸毋以予言爲耄

此卷與東谷所見可補世範家箴

樂善錄終

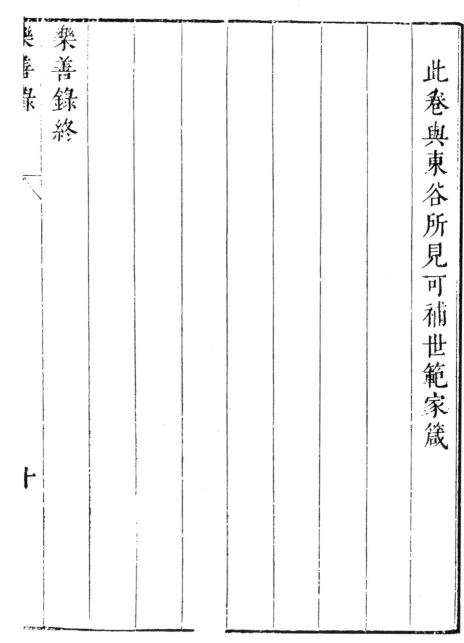

解醒語

元 李材著　武林金維垣閲

泰定間中夜忽召集賢學士鄧文原倉卒不備手詔就以帝所佩玉從容召之至曉着二朱衣送出人以爲榮

京朝官獲美除者寮友設酒于披雲樓以爲賀因名披雲宴六部得堂署則爭相餽遺謂之烘堂南臺權重百寮正堂限號斧口限人不得輕越

平章李孟漢中人始家居不欲事仕因事至京師右

丞楊吉薦留輔導仁宗仁宗敬重之嘗與之對奕便殿賜食雪膚餅徹骨員又冬月賜宴煖閣

國初序朝執政大臣謂之擎天班玉堂清署謂之煥璧班言官法司謂之劍鍔班外戚謂之椒蘭班親王謂之瓊枝班功臣將帥謂之豹首班其餘朝臣謂之隨班

長春殿燕群臣供事內臣進饌有咳病帝惡其不潔命爲疊金羅半面圍之許露兩眼下垂至胸自是進饌者以爲此例

宮中臨幸以黃金粧肩輿使宮人衣貼繡鋪翠襦扛之

至元間馬八兒國入貢國近占城二十二年遣使至其國求奇寶得吉貝衣十襲吉貝樹名其華成時如鵞毳抽其緒紡之以作布亦染成五色織爲班布實花冠十項冠以金作花七寶裝纓絡爲飾蝦囉百顆形如珠而成龍紋大者過于彈丸國有蝦瀨隱沙中常抱珠戲于瀨上土人俟其去取之繡絲絞百段金顏香千團香乃樹脂白者爲佳五香七寶床一隻床可

坐不可匯者鴛、褥、瓢十枚、以之貯食經月不敗菴、蘿、樹、數、十、枚、花葉似棗實似李味佳大珊瑚百株鱗、睛、石、百、枚、又有血竭褊桃浮金餅等物

僧嗣占妙高上言欲毀宋會稽諸陵西僧楊璉真伽又請乃如所請發陵取寶器以諸帝遺骨建浮屠于杭之故宮截、理、宗、頂、以、爲、飲、器、時會稽有六陵徽宗、高宗、孝宗、光宗、寧宗、理宗、度宗、發掘搜取諸寶器殆盡徽宗陵獲走、花、烏、玉、筆、箱、又、同、涼、漆、纖、管、外國所進、高宗陵真、珠、戲、馬、鞍、嶺南劉鋹所結以獻于太祖者光宗陵交、加、百、齒、梳、香、骨、案、理宗

陵伏虎枕七寶合成伏虎之狀穿雲琴金貓睛爲徽龍肝石爲軫綠玉磬唐楊妃物度宗陵五色藤盤影魚黃瓊扇柄其餘器物不可盡舉大抵陵中物無定式惟視平生所玩何如也

世祖獵于灤河一鳥摩于青雲之表世祖以矰下之形大于鶴羽皆五彩成斑有西夷人云此是盧隆鳥宿于西海荻草中

成宗春暮命宮人掃落花鋪繭茗殿施金帳諸嬪衣碧鸞朱綃半袖衫頭纏吉貝錦臂係秋雲紫條帕着白氎衿成群相逐滾蘂翻花鬬脆飛蹄戲狎獼日帝

曰上燦黃金下設蓐席使美人為鞠弋流蹌之戲

處州陳繹曾為國子助教口吃一日集諸生曰車生極（極欲言諸生對策也）中有數人不覺葫蘆絕倒問之皆官生恩蔭也繹曾不能容解官南還

有臧侍郎者素畏其妻妻怒即行跪禮俟其怒解乃起御史中丞祝公有張京兆之風嘗為妻合脂與粉調以塗之號桃花面京中好事者爭相效焉當時語云侍郎膝夫人屈（夫人作細君）夫人面中丞鍊

撫州吳澄名重至治泰定間貴族巨賈莫不願得一

文以爲子孫傳寶凡求文先脩贄禮後復以金帛致謝謂之採珍在翰林數年幾于巨萬張平章曰吳學士身居玉堂而抱奇貨求文章者日以千數孰謂文章不可以榮身發家哉

天曆中一人着紫花草禪束斑竹枝冠𦐊翼巾遊市上或時至寺中聽講連日或吟飲酒肆三宿而去市上兒至呼以痴漢亦不爲意京中大姓累之相與承接爾月忘歸人叩其姓名但云浮生子平時詩句近于鄙俚人所難處反露警拔蓋文而隱者也凡數年

忽遁去

燕帖木兒奢侈無度嘗居百羊以會寮吏又于第中起水晶亭亭四壁皆水晶鏤空貯水養五色魚其中剪綵爲白蘋紅蓼等花置水上壁內置琥珀欄杆鑲以八寶奇石紅白掩映光彩玲瓏前代無有也洞房設樓床廣褥擇美姬温軟少骨者枕籍而睡謂之香肌席脂紅粉白之嬌羅列左右隨其所取以爲花嬉玉樂也

尚書范谷英賜食帝前食並芽麵旨之一筯而止帝

曰不中食乎英曰臣豈敢但天厨珍味臣已領恩矣山妻久厭糟粕將以遺之使知官家有人所不見之物也帝令盡服之（服作食）復賜一帖以歸

倒剌沙賄賂通行賣官鬻獄家有金窖寶海以藏所得金帛珍異時人譏之曰庸才計窮（窮作極）披靡于勢門（靡作倚）金玉運窮朝宗于寶海

唐駙馬寵于太后所賜厨料甚盛乃開回僊厨以市厨極馨香使僊人聞之亦當駐也（回作駐）

椰貫至正間待制翰林與虞集揭奚斯黄溍齊名號

儒林四傑

黃溍爲文章如澄湖不波一碧萬頃凡朝廷大詔令皆出其手京師人呼爲璽口學士

許謙孫從宗言上方珍異庫有虎頭硯魚肌篆猿臂笛金絲簞鳴玉鞶腰等以嘗提點庫故知之悉云

詞客馬文友別墅在彰義門内有春香亭每百花開時置酒亭下會都之文人吟士賞花賦詩謂之錦繡會預是會者各輪一席又有飲山亭夏日避暑于此又有宴宴亭玩月之所並聚詩人作會如春香故事

因號其墅曰長樂園

國初起圓殿于西宮中以居西僧僧官皆著茜帽

閉閉真人嘗于帝前稱天台山多仙果帝曰可致乎

真人曰可因取金盒覆之少頃有水晶李十枚鶴珠

棗三十枚茸竹實四枚

吳元節至元中至京師從張留孫見世祖成宗召見

賜玄德真人臨終作詩有一聯云睍睆乾坤輕世界

闢開山嶽上天門舉棺如無人乃是尸解也

商人獲利者曰遂心不得利曰犯耗買酒脯禳之至

極賤行商呼爲貨脚行商亦謂坐賈曰麭漢蓋相譏也

有軍人早出月色朗然見一獨足者橋欄上卧軍人少壯無畏懼乃抱之其鬼即云放我當有相酬軍人曰得何物曰有銀盞一問居處云少間送來軍人又貪進遂捨之其妻見一年少扣門云賢夫令將醆歸授其妻而去至晚軍人回將醆示之夫乃說今日之事妻曰神靈物不可駐之令將貨之易酒肉祭之夫從其言祭畢夫曰適看其醆有似家內樣莫不偷我

者將來否妻亦疑之往取果失之矣夫妻愕然曰大是俊鬼子

吳殷文圭舉進士途中遇一叟目文圭久之謂人曰向者一人絲眉拳入口神仙狀也如學道當冲舉不爾有大名於天下而文圭拳實入口乾寧中擢第

評終

巳瘧編

明　劉玉記　　武林金維垣閱

江東門外洪武間建輕煙澹粉梅妍翠柳四樓令官妓居其上以接四方賓客大賈及士夫休沐時往遊焉後士夫多以躭酒悅色廢事漸加制限

三山門外有醉仙樓以中秋與學士劉三吾宋濂董倫王景陶安等醉飲得名樂民樓以春時賜民花酒錢傳盃浪盞得名又有鶴鳴樓亦在三山門

魏國公家一對鴛鴦硯甚奇兩硯並處則硯水自流

光彩潤澤分則與常硯無異

丞相胡惟庸裔胡孫十數衣冠如人有客至則令供茶行酒能拜跪揖讓吹竹笛聲尤佳又能執朱戚舞蹈人稱之爲孫慧郎

周王開一園多植牡丹號國色園品類甚多建十二亭以標目之有玉盂紫樓等名儀部郎尤良作十二詩富陽侯李駙馬縱侍見悉效宮粧有蝶粉蜂黃花羞玉讓之號

都下妓稱青樓頗爲流輩所推一時文人達士盡與之

遊最厚者常唾之唾絲白如雪香滑可愛目爲唾花人爭以得唾爲榮

常開平家豪富無比每燕飲童妓滿堂預飲者多賚賞物方往人皆苦之謂之歡喜錢

信州人袁著夜經廢宅遇一黑面婦人自稱裂娘堆雙髻衣紅褐佩兩金環正語間忽不見著疑懼旋走退宿于故知家明日復至其所但見汙塵中積褐一堆撥開得一把剪刀乃知昨所遇者剪刀精也

陝西晉子京勇力過人性不喜營產業日以樵獵爲

生有搏虎法見虎則先伏于地俟其來卽以藥刀刺其喉虎應手而斃藥刀九曲五尖取讙舉山（山在商州）劫律草搗汁淬其鋒虎當之則虎毛腐裂五喉九結（虎有五喉食喉水喉風喉骨喉橫喉）無不破傷

國初內中嘗失金鉼蓋謂執事內監竊之命斬于市臨刑追免之蓋已得也監言入市時猶懾懼旣而覺身坐屋簷上下臨市井見反縛一人將就刑頃之聞報至我乃下屋軀還耳大抵死者冤爽先逝如此又異教謂人冤非一可以分爲死生去來者亦可參審

之也

洪武中有胡僧善相在某寺見三僧與寺主別胡謂主者曰彼三僧何之主者曰禮浦陀胡僧亟令召回否則皆有水厄主者令追之不及果俱溺死胡僧後見袁庭禮欲授其術乃令袁視日久之雜以黑白豆令揀之袁目不眩遂以其術傳之袁亦多奇驗

江湖間談星命者有子平有五星又有範圍前定諸數士大夫所樂問者唯子平爲庶幾以其諳乎理且道人之富貴貧賤往往多中相傳宋有徐子平者精

于星學後世術士宗之故但稱曰子平予聞之隱者云子平名居易五季人嘗與麻衣道者陳圖南呂洞賓同隱華山蓋異人也今之推子平者祖宋末徐彥昇其實非子平也

術家以人生所值年月日時推算吉凶而必歸重于日主頗亦有說夫十二時皆生於日積日而後成月積月而後成歲故日于最爲重蓋日躔於子宫則謂之子時丑寅之類皆然無日則無時而月與歲皆無從推矣雖小道亦嘗窺測陰陽之際者

元主嘗召一術士問以國祚對云國家千秋萬歲不必深慮惟日月並行乃可憂耳至是大明兵至而元亡

冷謙字啟敬杭州人精音律善鼓琴工繪畫元末以黃冠隱居吳山頂上國初召爲太常協律嘗遇異人傳仙術有友人貧不能自存求濟于謙謙曰吾指汝一所往焉慎勿多取乃于壁間畫一門一鶴守之令其人敲門門忽自開入其室金寶充牣蓋朝廷內帑也其人恣取以出不覺遺其引他日庫失金守庫吏

得引以聞執其人訊之詞及謙逮謙將至曰吾死矣安得少水以濟吾渴逮者以瓶汲水與飲謙且飲且以足插入瓶中其身漸隱逮者驚曰汝無然吾輩皆坐汝死矣謙曰無害汝但以瓶至御前上問之輒於瓶中應如響上曰汝出朕不殺汝謙對臣有罪不敢出上怒擊其瓶碎之片片皆應終不知所在移檄物色之竟不能得

莫月鼎者道士也嘗與客遊西湖烈日熱甚莫曰吾借一傘遮陰乃向空噓氣忽黑雲一片隨而覆之

有少年郎狎一娼以其美且富也利之百端趨奉唯恐失意郎惑甚留其家經歲雖他娼才貌勝者弗能移也一日晝臥樓窻下命市魚爲午飡俄而見娼自携魚入私念彼胡不使婢輩而必自持注意察之而娼不知也提魚竟入厠中郎益疑惟俯窻諦窺之見娼置魚於空淨器中而去頃之又將一器物注淨器中若水而色異亟下覘之乃月水也便大恨召與言别不飡而行焉按博物志有云尸布在戸婦人留連注謂月布埋戸限下婦女入戸則自淹留不肯去斯

言可信矣

又聞娼家不欲接其人則撮物入水投火中便焦悉而去

于梓人者湖廣武岡州人梓人生七八歲眉目如畫資性聰警其州將愛之因其父藝以梓名之及長有俊才且多異術舉洪武乙丑進士歷知登州府部有訴其家人傷于虎者梓人命卒持牒入山捕虎卒泣不肯行梓人笞之更命他兩卒曰第焚此牒山中虎自來兩卒不得已入山焚其牒火方息而虎隨至彌

耳帖尾隨行入城觀者如堵虎至庭下伏不動梓人厲聲叱責杖之百而舍之虎復循故道而去尋爲部民告訐以爲妖術惑衆有　詔逮治數月瘐死獄中棄其尸家人發喪成服忽一夜聞叩門聲問爲誰答是梓人也人驚爲鬼曰吾實逃去云死者詐也家人不信謂鬼衣無縫驗之不然遂内之梓人不自晦匿日與故舊遊宴或泛舟不用楫逆水而上以爲樂里人劉氏其怨家也執之白知州伍芳請奏聞芳不許劉遂詣闕告之　朝命法官推按未至一日忽失梓

人所在但存鐵索而已劉無以自明竟坐欺罔得重譴而梓人自是不復見矣梓人自號七十一峰道人詞翰遒逸可觀吳用藏言自制遊大山歌一紙余嘗見之

許子伯嘗與友人言次因及漢無統嗣幸臣專朝世俗衰薄賢者放退便據地悲哭時稱許伯哭世

洪武初嘉定安亭萬二元之遺民也富甲一郡嘗有人自京師回問其何所見聞其人曰　皇帝近日有詩云百僚未起朕先起百僚已睡朕未睡不如江南

富足翁日高丈五猶披被萬歎曰兆已萌於此矣郎以家貲付託諸僕能幹掌之買巨航載妻子泛遊湖湘而去不二年江南大族以次籍沒獨萬獲令終其亦達面知幾者與

成都府漢文翁石室壁間畫一婦人手持菊花前對一猴號菊花娘子大比之歲士人多乞夢頗有靈異

太祖嘗微行至朝天宮前見一婦服重服而大咲問曰觀夫人之被服如此而大咲何也曰吾夫爲國而死爲忠臣吾子爲父而死爲孝子然則天下之婦人

其好夫好子未有如我者矣吾所以喜而咲也　太祖問曰汝夫巳葬乎婦人以手指示曰去此數十步是吾夫埋處也言訖忽不見　太祖識其處明日命有司往視之則黃土一坏草木森鬱掘地數尺見其誌則晉卞壺所藏也面色如生兩手皆拳其指甲出手背外六七寸是時城中墳墓有禁　太祖以其爲忠臣也遂命掩之仍爲立廟命有司春秋祀之

張士傑客壽陽被酒歷淮陽濱入龍祠見後帳龍女塑像甚美乃取桐葉題詩投帳中云我是夢中傳彩

筆書於葉上寄朝雲忽見一舍有美女士傑徑詣豈酒女吟曰落帆且泊小沙灘霜月無波淮上寒若向江湖得消息為傳風水到長安士傑昏醉既醒孤坐於廟門之右小女奴曰娘子傳語還君桐葉勿復置念

已瘧編終

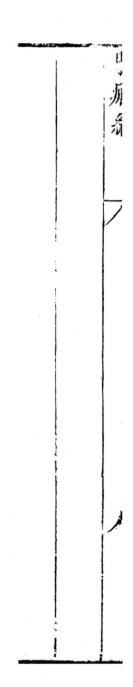

括異志

宋　魯應龍著　明　鄒樹勲閲

三山曾先生陟嘗寓館於陳氏七載音信不通夏月青衿俱歇獨處一室有道人自吳山來謂之曰子思鄉之切何不少稱歸陟曰水陸三千里幾時得到道人剪紙爲馬令合眼上馬以水噀之其疾如風祝曰汝歸不可久留須臾到家門戶如舊妻令入浴易新衣陟曰我便去妻曰纔歸便去何不念父母妻子乎陟便上馬而行所騎馬足折驚寤乃身在書館中隨

身衣服皆新製者道人亦不見惟留一藥籃中有一詩云一騎如龍送客歸銀鬃綠耳步相隨佳人未許輕分別不是僊翁豈得知

景德禪院去縣五里在城西門外之焚化院昔有白毫高數丈民以爲祥乃作寺有白龍潭在寺前以白龍穴於此行人多漂溺居人作塔埋金劍鎮之後遂無害今人謂之三塔灣寺三伽藍順德龍王也淳熙大旱知縣李伯時以攪龍事告太守以長繩繫虎骨縋于龍潭中遂得雨取之稍遲雷電遶廳事亟令人

取之乃止、

上舍伯祖巽舊塋惹山後忽卜兆於丁村遂遷塋焉其中紫藤蟠固棺上或云穴有紫藤此吉徵也遂斫藤遷之自後其家寖衰、

嘉禾北門有孩兒橋橋欄四角皆石刻孩兒因名之不知何時所建歲時旣久遂出爲怪或夜出叩人門戶求食或於月夜遊戲于市人多見之一夕有膽勇者至夜窖伺果見其三二石孩兒徐徐自橋而下遂大呼有鬼以刀逐至其處斫去其頭怪遂絶

秀州子城有天王樓建炎間金虜犯順蘇秀大擾將屠之有天王現於城上若數間屋大兵卒望之怖懼遂引去一州之境獲免及亂平建樓西北隅見今事之

有住庵僧王了因事母至孝母病危篤日夜禱於所事韋天護法神誠意感格忽神降其身作蠻語云憫汝孝誠故救汝母教以藥餌遂愈自是神常降之言人休咎多驗遠近趨之一日有人請禱僧不謹神怒責遂發狂不可止索浴左右不得已具湯與之湯百

沸猶以爲冷投於中宛轉爲快衆拜祈哀神曰姑薄懲之爾遂免及出浴舉體畧無少損病亦愈神不復降矣

紹興兵火之變所在荒涼盱眙有市人儲醬一甕僅利已多然貪心愈生設計售僞日以鹹水及碎瓦屑炭煤之屬和之所得十倍一夕風雨屋棟桁折而夫婦正卧其下皆壓死甕亦破焉而傍舍畧無損動何提刑詩云萬僞何緣鬭一真時間謾得面前人生男種女多瘖啞果報元來必有因可不信哉

盧十五嘉興華亭人所居脩竹鄉盧十五以摑鼈爲業每摑鼈歸舍與妻共活煑其鼈然後出賣每日如是嘉泰二年壬戌四月十七申時忽大風驟雨雷電閃光霹靂大震盧十五并妻女三人皆死雷斧之下嗟乎夫龜鼈介族中之靈物也人豈可殺乎盧十五之報亦可畏也今時食鼈之人心旣好食又招賓友聚會而食號團魚會彼此以所食多寡爲勝負殺生之念滋甚罪報何逃聞此可不戒哉

奉新縣村民縶牛於柱將殺之其鄰家子平時饕食

黍醉入觀踞坐指屠者曰速操刀我欲肝肺生食不宜緩仍不可與他人也語至再三牛忽驤首怒目直視此子奮力掣索斷直前徑觸之穿其腹戴之以走過四十里不脫鄉民及豪子弟僮奴極百餘人皆槍杖叫譟共往追逐乃得其尸

嚴泰江行逢漁舟問之云有龜五十頭泰用錢十千贖放之行數十步漁舟乃覆其夕乃有五十人詣泰門告其父母曰賢郎附錢五十千可領之緡皆沾濕父母惟之及泰歸乃說贖龜之異

陳宏泰家富於財有人假貸錢一萬宏泰徵之甚急其人曰請無慮吾先養蝦蟇萬餘頭鬻之足以奉償泰聞之惻然巳其償仍別與錢十千令悉放之江中經月餘泰因夜歸馬驚不進前視之乃一金蝦蟇也

司濃曾伯祖行恕丱角而孤侍母徐氏就醫嘉興留精嚴僧舍值徐明反擾亂一州止不屠僧母子俯伏於寺之夾街下衆鎗攢刺命在須臾默禱伽藍神資善與福明王願脫刀兵之難俾世子孫不忘香火果得免欸至今奉事于靈芸祖塋司法生主簿果主簿

生知縣季頲相繼登科

巫家丘氏世事鄒瀼主其家盛時神極靈異人有禱之者能作人語指其禍福感應如響家遂稍康自後兄弟析居神亦不復語今其子孫尚以巫祝相傳不絶

去東湖三四里有村曰楊墩左右皆楊其姓者有楊四九者以養鴨爲生數百爲羣人有鬻之者就令其打併楊利於得錢則每鴨必執其頸可以　宛轉於地立欬前後不知其幾矣又得燖治之瀼沃之以

熱湯而氣未絕隨燖而身毛脫落晚年得一疾甚怪
每常浸浴缸中妻孥頻頻添湯極熱而不覺皮膚皆
浸成白折又令人以足跟踏心至今　尚存而
家事索然矣人以爲楊生活受鑊湯地獄報云
秀州魏塘村方通判乳媪周氏臨安人爲人朴直自
信不慮人欺村民或從假貸不問識不識隨意與之
有蔡公者負最多每督取率託以他故經數年媪呼
而責之每以妄言荅云實負婆錢累欲償輒爲官事
所蕩顧更寬今歲如再背約當爲八乳牝狗以報未

幾蔡妳而方家得一犬八乳周媼常戲呼曰汝是蔡公耶即摔尾而前自是聞呼即至十年乃死

嘉興府德化鄉第一都鈕七者農田爲業常恃頑抵賴王家租米嘉泰辛酉歲種早禾八十畝悉以成就收割囤穀於柴積之側遮隱無蹤倏然入官訴傷而柴與穀半夜一火焚盡壬戌歲秋其弟鈕十二亦種早稻八十畝藏穀於家又且怨天尤地忽日午間天宇昏暗大風捲地其家一火灰燼無餘嗚呼鈕七鈕十二欺官瞞人天網恢恢疎而不漏亦可畏也

眉山王簿高公有愛子眉郎甚慧不幸早夭心甚悼之公忽暴卒復甦言至陰府初爲二吏來召引至一處如州城若官府所俄見一人著道服手持數珠而出王簿熟視乃其父也責之曰汝有不公當事還曾知否主簿曰何事不公當也父曰斷遞鋪殺人事不窮其理以直爲曲所以天奪汝愛兒眉郎見亦在此汝有陰隲天未遽奪汝壽汝今還世切須事君則忠事長則順不可爲己嘗私不可以直爲曲戒殺戒淫戒嗔戒怒但依吾教則盡天年不然則壽祿皆削也

海鹽縣蔣十八居士蔣念二孺人日誦大乘斷除嗜欲一日洗漱更衣燒香念佛書頌而終居士頌曰這箇幻身四大合成今日分散各歸其根諸幻既滅灰飛煙絶如空中風猶碧天月既無障礙又能皎潔一切永斷無復言說又云直道而行心不諂曲四十年來脫離嗜欲唯闡大乘朝讀暮讀今朝擺手西歸自有現成果足蔣孺人頌曰看過遺經萬四千平生香火有因緣西方自是吾歸路風月同乘般若船

江南平建州有大將余洪敬妻鄭氏有絶色爲亂兵

所獲獻於裨將王建峯遇以非禮鄭志不可奪脅以白刃不屈又命引所掠婦人令鄭殺以食之謂鄭曰汝懼乎曰此身寧早充君庖誓不可以非禮污我竟不忍殺以獻大將軍查又徵將以薦枕鄭大罵曰王師弔伐義夫節婦宜加旌賞王司徒出於卒伍固無足怪君侯知書爲國上將乃欲加非禮於一婦人以逞欲乎願速見殺查大慚求其夫而付之鄭氏節義凜凜二將虎狠終不敢犯婦人之濡奔無恥者視此獨不靦面乎

華亭人黃翁世以賣香爲業後徙居東湖楊柳巷世以賣香爲生每往臨安江下收賣甜頭歸家修事爲香貨賣甜頭者香行俚語也乃海南販到栢木及藤頭是也黃遂將此木斷截挑栫如箋香片子與蕃香相和上甑內蒸透以米湯調合墨水用茆帚蘸墨水就甑內攪灑此香遍斑取出攤乾上市貨賣淳熙年間黃翁一日駕舟欲歸華亭留東湖湖口泊船而宿候曉即行湖口有金山大王廟靈威人皆敬畏之是夜三鼓時忽一人攙起黃翁連拳歐之謂曰汝何作

業造罪貨賣假香可速去來過更時許方得蘇醒次日抵舍病月餘而斃一夕其妻黄嫂夢至陰司見二鬼以沸湯兩桶洗一罪人鬼遂叱黄嫂曰婆子此汝之夫黄某也在世貨賣假香今受此報汝今回世說與諸子速改此業黄嫂寤悲泣言及諸子即飯僧修設功德追救其夫遂改業别爲生理

海鹽縣倪生每用雜木碎剉炒磨爲末號曰印香發販貨賣一夜燒薰蚊虫藥爆少火入印香籠內遂起煙焰事急用水澆之傍有切香亦見焚燬又用水澆

之磨上印香又然倪見火勢難過即欲出戸逃命奈何遍室煙迷而不能出避須臾人屋一火而盡嘉興府周大郎每賣香時纔與人評直或疑其不中周曰此香若不好願出門當逢惡神撲死常以此誓爲詞淳祐年間忽日過府後橋如逢一物絆倒衆即扶持氣已絶矣嗚呼世人焚香誠欲供養三界十方賢聖黄翁倪生與周大郎者乃以𣚨木爲真觸穢神祇豈得不遭誅戮哉

有人好道不知其方朝夕拜一枯樹輒云乞長生如

此二十八年不倦一旦木生紫芝　津如寄食之館仙去

黃覺旅舍見道士共飲舉盃之際道士以箸蘸酒於案上寫呂字覺悟其爲洞賓也遂蕭然起敬道士又於袖中出大錢七小錢三曰數不可益也又與藥寸許歲旦以酒磨服之可終歲無疾如其言至七十餘藥亦盡作詩云床頭曆日無多了屈指明年七十三於是歲卒

陳元植好積陰德禽鳥悉蒙其惠每食高原之上百

烏飛鳴就食一夕夢緋衣人曰汝有陰德及物壽本
不逾四十延至九十九無疾而終
周世宗毀銅佛像曰佛教以頭目髓腦有利於衆生
尚無所惜寧復以銅像爲愛乎鎮州大悲銅像甚有
靈應擊毀之以斧鉞自胷鑱破其後世宗北征疽發
胷間咸以爲報應云
李主簿夜泊舟臨舷濯足忽有物在水中掣其足衆
力救之李號呼曰痛徹心骨不可忍吾寧死也遂隨
入水明日求其屍不獲

晉周興死而復生言天帝召見升殿仰視雲氣紫鬱鬱然天帝面方一尺問左右曰是張天帝耶荅曰上古天帝久已聖矣此近曹明帝耳

李舟之弟患風或云蛇酒治風乃求黑蛇生置瓮中醞以麴蘖數日蛇聲不絕及熟香氣酷烈引滿而飲斯須之間化爲水惟毛髮存焉

茅山有村兒牧牛洗所著汗衫曝於艸上牛食艸之際併食其衫疑鄰兒竊之其父怒曰生兒爲盜將安用之卽將兒投於水中鄰兒稱寃呼天纔出水父復

投之俄大雷雨震死其牛汗衫自牛口中出

錢處士嘗見一人謂曰爾天罰將及可急告謝其人曰某平生無過但昨日飲食不如意棄於溝中錢曰是也可急取食之乃以水洗去其穢俄雷電大震錢曰急并穢食之雷電果息

惠州一娼震死於市脇下有朱書云李林甫以毒虐弄權帝命震死此女蓋僊月公後身也元和六年六月某日

金蠶蠶金色食以蜀錦取其遺糞置飲食中毒人必

炊喜能致他財使人暴富遺之極難雖水火兵刃不能害多以金銀藏篋匧置鼈其中投之路隅人或收之以去謂之嫁金鼈

臨江軍惠曆寺初造輪藏成僧限千錢則轉一匝有營妓喪夫家極貧念欲轉藏以資冥福累月辛苦求捨隨緣終不滿一千迫於貧乏無以自存且嫁有日矣此心眷眷不能已乃擕所聚之錢號泣藏前擲錢拜地輪藏自轉闔寺駭異自是不復限數矣

有趙小子納凉水濱見行賈擲水灌漱俯身潭上一

鬼自潭引手至項上三進三止趙叶呼鬼即隨没賈曰頭髻中有少雄黄辟邪之效也

南陽人侯慶有一銅像欲賣牛粧金色偶有急事他用久矣一夕慶妻忽夢像曰卿夫妻負我金色久不償今取卿兒醜以償金色至曉兒醜有病像忽有金色光照四鄰皆來觀焉

零陵太守有女悦父書吏無計得偶使婢取書吏所飲餘水飲之因有娠生一男數歲太守莫知其所從來一日使是男求其父兒直入書吏幄中化爲水父

大驚問其女始言其故遂以女妻之
有人好飡羊頭嘗晨出見一羊頭人身衣冠甚偉曰吾未位之神也其屬在羊爾食羊頭甚多故來取汝若輟食則已不然吾將殺汝其人懼不復食羊
雷州西有雷公廟百姓歲納雷鼓車人有以黃魚與彘肉同食立遭雷震每大雷人多於野中掘得黳石號雷公墨光瑩如漆
婺源公山二洞有穴咸通末有鄭道士以繩縋下百餘丈傍有光往視之路窮水阻隔岸有花木二道士

對棋使一童子刺船而至問欲渡否答曰當還童子回舟去鄭復攀繩而出明日穴中有石筍塞其口自是無復入者

終南山中有人身無衣服徧體生黑毛飛騰不可及爲獵人所得言秦宮人避亂入山有老翁教食松實初甚苦澁後稍便之遂不饑獵人以穀食之初聞甚臭吐逆數日乃安身毛脫落漸老而死

朱師古眉州人年三十時得疾不能食聞葷腥卽嘔用火鐺旋煮湯沃淡飯數數食之醫莫能治史載之

曰俗輩不讀醫經而妄欲療人可歎也君之疾正在
素問經中名食掛凡人肺六葉舒張如蓋下覆於脾
子母氣和則進食一或有戾則肺不能舒脾爲之蔽
故不嗜食素問曰肺葉儁熱掛遂授一方買藥服之
三日聞人食肉甚香取而啖之遂愈
歐陽文忠公慶曆末水宿采石渡舟人鼾睡漸至月
黑公滅燭方寢微聞呼聲曰去來舟尾答曰有參政
船宿此不可擅去齋料幸攜至公私念曰舟尾逆浦
且無從人必鬼也通夕不寐五鼓聞岸山獵獵馳驟

聲舟尾曰齋料幸見還且行且答曰道場不清淨無所得而歸公異之後月遊金山與長老瑞新語曰某夜有施主設水陸攜室人至方拜忽思臥少頃乳一子俄腥風滅燭一衆盡恐乃公宿采石之夜也公後果參大政

蔡元度適餘杭舟次泗州僧伽吐光射其舟萬人仰瞻有按呈露士大夫知元度不起矣至高郵而没世言元度乃木乂後身云

有人得青石大如磚背有鼻穿鐵索長數丈循環無

相斷處海商見之以數十千易之云此協金石投於海中經夕引出上必有金

西域胡僧咒人能生死太宗令壯勇者試之如言而死如言而甦傳奕曰此邪法也邪不犯正若咒臣必不行召僧咒奕初無所覺胡僧自倒更不復蘇

天復中隴右大饑其年秋稼甚豐將刈之間太半無穗有就田畔斵鼠穴求之所獲甚多於是家家斵穴有獲五七斛者相傳謂之刼鼠倉饑民皆出求食濟活甚衆

夷陵有陰陽石陰石常潤陽石常燥旱則鞭陰石雨則鞭陽石皆應

韋思玄求鍊金術一日有居士辛銳來謁病癰潰血且甚韋方會客居士遂溺於筵上客怒皆起銳亦告去忽不見視其溺乃紫金液光彩爍然客有解者曰辛屬金兌西方屬金銳其金精乎

南海小虞山有鬼母一產千鬼朝產之暮食之今蒼梧有鬼姑神是也虎頭龍足蟒目蛟眉

荊南都頭李遇病困攝至陰府有一先物故者曰常

侍安得來此復有一人云追到李遇遂𦼮見妻子環泣身下卧一晝人號替代云

王洙避暑神廟見一老人佗背及肋有搭白處明日視之乃橐駞也昨夕所見豈其精耶

資聖寺在海鹽縣西本普明院舊記晉將軍戴威捨宅為寺司徒王詢建為光興寺天禧二年賜今名寺有寶塔極高峻層層用四方燈點照東海行舟者皆望此為標的焉功為甚宏有海濱業戶某與兄弟泛舟入洋口棲鮮風濤驟惡舟楫悉壞俱溺於海而欸

其家日夕號泣一夕夢其夫歸曰我未出海時先夢神告曰來日有風波之厄不可往吾不信遂死於此初墜海時彈指隨波已去數百里神欲救我不可及今在海潮鬼部中極苦每日潮上皆我輩推擁而來他佛事祭享皆爲諸鬼奪去我不可得獨有資聖塔燈光明功德浩大耳其妻因竭家貲入寺設燈願次夕又夢夫來謝云今得升一等矣

捍海塘凡十八條自縣去海九十五里有望海鎮歲久波濤衝齧盡爲洋海紹興中知縣陳某嘗於海塘

五里建望月亭殆今則亭基在水中不可復見每歲沙岸崩得瓦盎鐵劍舉手粉碎

嘉興縣西南六十步地志云晉歌妓蘇小小墓今有片石在道判聽曰蘇小小墓徐凝寒食詩云嘉興郭裏逢寒食落日家家拜掃歸只有縣前蘇小小無人送與紙錢灰

當湖在今縣北五十里南北十二里東西六里古老相傳地初陷時有婦人產一物若蛟蜃狀濯於水遂陷一方迤邐從東北去今有泖港直通太湖昨得石

刻乃唐吳郡陸府君墓銘葬於蘇州海鹽縣齊景鄉當湖則當湖之名舊矣或云鸚鵡洲圖經不載登縣未陷曾有此湖耶曩歲漁者於湖中獲一鐵鏈長不計極舟滿幾覆懼而棄之或云繫蜃於此自漢迄今上下千餘年湖日淺土日增聞有於其中髣髴見其餘趾

金山忠烈王漢博陸侯姓霍氏吳孫權時一日致疾黃門小豎附語曰國主封界華亭谷極西南有金山鹹塘湖爲民害民將魚鱉食之非人力能防金山故

海鹽縣一旦陷沒爲湖無大神護也臣灌之功臣霍其也部黨有力能鎮之可立廟於山吳王乃立廟建炎間建行宮於當湖賜名顯應尤著鄉民祈禱輒應部下錢侯尤爲靈著王以四月十八誕辰浙之東西商賈舟楫朝獻踵至自八四月至中旬末一市爲之閧沸閒有設祭於松栢間祀其先亡慟哭而反謂之小嶽廟廟中鐵鑄四聖由海而來至今見存

古老相傳湖初陷白沃史君躍馬疾走不及遂駐馬以鞭指得湖東南一角水至不沒因立廟迨今此地

獨高又云兄弟三人一在沙腰一在乍浦皆稱白沃廟

東林施水院本定庵居士白蓮道場寺有藏歲久弊甚住持僧智祥力鳩衆緣爲之僅成規模其中實無所有始寺有轉藏不問多寡僧以一餅啖之由是至者甚衆人有病祟必以東林藏轉之即愈蓋寺有神姓施封護國公爲之打供僧徒得以濟

齊景鄉縣北四十里有廟在焉圖宅號齊景公廟一云宋明大王古老相傳齊景公遵海而南觀於轉附

朝併會遊於此立廟於斯舊有碑今磨滅不存矣唐貞元十四年太子左贊善大夫吳郡陸使君夫人汝南縣君周氏墓志云祔于嘉興縣東界海鹽縣齊景鄉青墩原西北塋則齊景鄉青墩之名舊矣

元豐末秀州人家屋瓦霜後氷自成花每瓦一枝正如畫家所爲折枝有大花如牡丹花葉者細花如萱草海棠者皆有枝葉無毫髮不具雖巧筆不能爲之以紙摹之無異石刻

寶聖石佛院在嘉興縣東南唐至德二年於寺基掘

得石佛四軀至今見存天聖中賜名寶聖人但呼石佛寺寶一作保

庚子歲夏旱湖間可以通軌有魚舟夜艤水滸遥見有光燭人意謂必窖藏遂於中夜掘之得磚一井片長六七寸兩首各有方竅相入兩面皆有手掌紋極細宛然可見不知此磚始於何時竊意當時陶人手法爲之耳見童爭鬻于市或取以爲硯清潤細膩可愛余嘗得片磚爲好事取去

南林祖塋高祖宣義之墓嘗聞諸伯叔祖言初營地

時高祖頗明地理將鑿池引水至墓之西南夜夢一婦人請曰妾有墓在正南所開池處君戒役夫勿傷吾墓當有厚報次日果於其地得金數塊遂用以營寺至今其墓尚存自建刹以來將踰百年林木塢竹視他處爲盛丙午夏忽生雙笋數株莫不嗟異各有賦詠然竟不成竿亦無他應豈物反常爲妖卒以自斃云

光嚴庵正議之塋瀕湖占勝爲一方冠東南皆桃湖遠峯列如筆架一塔屹於波心文鋒挺立登名仕版

者世有其人視他族爲最盛淳祐間忽樹間出煙一道遠近莫不驚異有細視之者見其間有蠓蚋不可計從樹中出終日不絶蓋此煙即此所成不知何異湖心有地一方立塔以按風水人呼之曰按山湖水瀰漫時盜多竄伏於此由是守庵者不敢居遂成荒蕪其中有大穴如甕下極空洞巨蟒潛伏於內時有人見之或偃卧湖沙之側近年有數道者居之佛殿廊廡稍稍成緒蛇亦不復見矣余家舊有蛇穴於壁間每春月常有小蛇出没近歲稍少又有一族人課

僕鋤草忽聞地中有聲入土尺許有石板蓋覆甚固啟之得缸可貯數石米其中皆巨蛇八九奔走四出急擊之或死或竄去竟不知從何而入也意者必有異物蓋不遇而變化云

陳山在縣東北四十里高八十一丈週圍二十五里有白龍湫顯濟敷澤龍王廟山頂有龍穴深不數尺春夏不涸百姓遇旱則禱於穴必有異物見因取其水祀之雨即滂沛又有龍母塚在焉每歲常在七月多風雨人謂龍洗墓云

陳山龍王廟後有觀音殿曩年忽有兩石從半山闢墜而下一從殿後壁滚入觀音座下一墜殿之西屋瓦無所損不知從何而入殿中也今二石尚存亦可異留題者甚多余乙卯歲到祠下嘗賦詩于壁以紀其事

華亭縣北七十里有澱湖山上有三姑廟每歲湖中群蛟競鬬水爲沸騰獨不入廟中神極靈異寺僧相其力以給齋粥水陸尤感應向年有漁舟艤湖口忽見一婦人附舟云欲到澱山寺及抵岸婦人直入寺

去舟中止遺一履漁人執此履以往索渡錢寺僧甚訝之曰此必三姑顯靈因相隨至殿中果見左足無履坐傍百錢在焉遂授漁人而去嘉禾百詠云神居陰陽護寺閾捍洪波莫慮蛟龍怒年來畏叱呵

德藏寺前鐘乃銅所鑄音極洪響嘗見古老云初鑄鍾時有匠者云此鐘未可便扣俟吾至六十里乃擊之及既去方至新坊十八里寺僧遽扣之匠人聞其聲嘆曰聲止於此今寺中鐘自新坊十八里外不復聞矣惜哉

嘗湖酒庫有四聖廟在炊淘之後立祠以來閱歲滋久前後交承祀之奉之甚謹每一任初到則上兩幡旣解印則復兩幡酬神之庇以爲定例丙辰丁巳之間有姑蘇姚承節應瑞者董糟丘將幡書徧於神祠中然後取幡染爲黑色雜用人無知者及去任未數里忽其子舟中爲神所憑責之曰我立祠福汝坊場久矣新舊之幡皆我之物安得擅取以爲兒服耶及詣其妾何人磨墨何人析幡歷道其所以衆皆驚愕姚懼亟禱於神許以謝過其子遂甦

伍子胥逃楚仕吳吳王賜以屬鏤之劒自殺浮其屍于江遂爲濤神謂之胥濤人皆知之今嘉興有胥山鄉山高一十五丈週圍二里舊經云伍子胥伐越經營於此水經云子胥死於吳吳人立祠江上名胥山杭州吳山亦名胥山蘇州吳縣亦有胥山則其名非一今胥山鄉伍姓甚繁亦謂之云云

嘉禾志領亭林庵中有忠烈公祠近歲忽地裂數尺中有風濤聲以物探之應手火起至今尚然

華亭陸四官廟一名陸司空元和初有鹽船數十艘

於廟前泊夜中雨過有光如火或吐或吞船人窺之見一物長數丈大如屋梁口弄一團火以竹篙抑之驚入草際光遺在地乃一珠徑寸以衣褁之光透出乃脫褻服褁之光始不見後至揚州賣之獲數萬緡

輿地志秦置海鹽縣王莽改爲展武縣縣陷爲湖湖中小山生柘樹因以爲名又云秦時有女入湖爲神即此祠也荆公詩云柘林著湖名菱葉蔓湖濱秦女亦何事能爲此湖神年年賽雞豚漁子自知津幽妖屈險阻禍福易欺人

吳躍龍余友吳宗禮達之之子也乙卯與余友鄉舉同廊就試是歲俱發小薦而躍龍實爲亞榜賦魁實通榜詞賦之第八也揭曉之夕夢登七層寶塔已及六層止餘一層欲上之間忽見一人星冠雲帔若天尊像叱曰此鴈塔也汝何人輙登此連步逐下遽邏至塔外遂坐其傍驚而寤及榜至乃在七名之外余親見其說又有張湘亦以乙卯魁亞薦揭曉兩夕前夢人持巨盤撲賣湘一撲五錢皆黑一錢旋轉不已竟作字一人曰幾乎渾純及榜乃爲小薦第一功名

前定不可强求也如此

西宫眞武道院西廡一室有純陽眞人呂翁像極端嚴乃曾叔祖大中璠所創道堂中塑像道堂廢遂移奉於此頗著靈異小兒有拜禱乞錢者或於几上及坐處得之亦見其僊道變化之驗云

嘉興縣界移風鄉有魏四十道者有妻有子中年忽悟眞空捨俗出家修行齋戒甚至鄉民敬之重之淳祐丙辰冬忽感疾自度氣血衰不能起呼同侶具湯沐更衣曰大限到來吾復何戀各自珍重遂跏趺奄

然而逝遠近聞者肩踵相摩觀瞻嘆羨凡兩日未定

淳祐甲申春余館於沈氏書塾因寓宿焉一夕夢婦人著紅衣至其家廳廡下轎無侍女手執黃羅裙直入其堂且與諸生言之皆莫曉所謂次夕方篝燈披閱卷帙忽有人報街外鼓聲甚急倉皇使人視之乃市樓失火烟焰燭天衆力撲救僅免延燎止拽倒小屋數間方知婦人之怪也

永興橋之西陸氏宅有大井不知何年所鑿面闊數尺其深不可測雖大旱不涸其下可以轉篙時時於

其中有浮滓及破碎蒲帆浮起不知何來古老相傳云此下逼大海登海水伏流地中從此過耶今爲富氏得之正居堂之中以板覆蓋甚謹蓋防顛溺也

余家全盛時以東廡爲書塾其西南隅後爲居民王氏宅王見其家每夜常有白衣人出現意其爲祟每夜防之一夕持杖逐至竈側而沒掘之得銀一瓶人無知者遂以此經營他之遂小康焉又李園者以種圃爲業初甚貧一日揮鋤忽糞土中有聲掘得一瓮皆小金牌滿其中李得之遂轉而貨易爲他人所發

開于官備極笞楚半爲他人所得今無復一存矣、嘉興貢院元是州學今有采芹橋泮水之舊規在焉後遷學於鳳池坊此地遂爲貢院每舉終場幾二千人荷笈而進者隨子弟而入者幾及萬餘人然西廊之第三間極北舉子常有爲魅所憑而至死者或如猘而過或如婦人每一發喊則妖氣愈盛是以分案於其間者多不欲就前後所死非一兵卒之宿於廊廡往往夜見鬼物甚至驚魘不醒遂弗可救丙午歲將赴舉監試官忽夢有人自稱貢院將軍云我死於此地今得爲神夠樂子娛於場屋者皆我輩爲之可立廟於西北隅事我則免於是明言於府以立祠焉由是兩舉稍安士人之就試者莫不先期備金錢禱以求陰庇或云此地元爲勘院徐明之亂多鞫娛於此故遐呼喊三聲則出矣

括異志終

靈應錄

唐　于逖撰　武林閔洓校閱

邸嫗

有邸嫗鋤桑拾得一銅觀音像刓壁作穴安之每有食饌不惟蔬菽魚肉之類皆將供養嫗有子時在潘葑軍前日夕祝之保其安寧其子當陣之際倒于草間聞背上連下三劍似擊銅器聲戰罷起看身上並無所痕其母此日見銅像落在地背上有三刃痕罔知其由至子回說其事方知神助爾

沈仲胥子

沈仲胥之子於竹林中見蛇纏一龜將鋤擊殺之其家數十口旬日相次而卒有識者曰玄武神也

衢州民

衢州民家里胥至督促租賦家貧無以備飧秖有哺雞一隻擬烹之里胥恍惚間見桑下有著黃衣女子前拜乞命又云自死即閑不忍見子未見月光里胥曰某到此催徵即無追捕殺傷者其女泣而逃里胥驚惻回至屋頭見一雞哺數子其家將縛之次意疑

之不許殺遂去後一旦再來其雞已抱出一羣子見里胥向前踴躍有似相感之狀捨而遂行數百步遇一虎跳躑漸近忽一雞飛去撲其虎眼里胥因斯奔馳得免至暮從別路回其家已不見雞問之云朝來西飛去杳無蹤里胥恠之具說見虎之事遂往尋之其雞已斃於草間羽毛零落自後一郵少有食雞子者

長典嫗

晉郭文舉與虎探去鯁虎送鹿來報以爲異今長典

縣有邸嫗採桑次被虎銜入深谷中不傷之其虎就將蹲自旦至午嫗告曰某之年邁莫有宿業否今因於此又不食乞大聖念之呼虎爲大聖遂伸一脚於嫗前看之有一竹籤在爪下嫗又曰莫要去邪虎掉尾點頭似相感之狀嫗乃爲拔之迅躍數四却銜至舊所並無損至夜置一鹿於門首去

安吉嫗

智鈞大師說天福中安吉有邸嫗家力麤備好修善長蔬食或見魚鼈之徒鳥雀之類皆贖而放之因滌

本後有一龜長尺餘從門入嫗惟之令子將往家前瀆内放之其子遂於龜背著放生字放於水中其龜又上岸沿圳田畦間有一孔穴可深三二尺龜忽隱其中嫗子曰本將放爾命却落於此中乃攘臂取之龜即不見矣探得白金二鋌莫知其由

呂門官

洋山在海中有廟其神傳是隋煬帝山高峻内有三湖名曰三姑菱芡凫鴈鸂鶒鴛鴦之類悉有又有神立于門首號曰呂門官凡欲祭饗其厨多鼠而夏足

蠅預告其門神郎絕之

陳太

陳太者先家貧販紙爲業而好施有一僧不知其名號長仰酒憨每來求食多說一生瞬息速作善事或問居何寺云老僧以四方爲常住呵呵而已如此得三載而陳氏供侍如初忽一旦謂陳曰爾有多少口要幾許金便得足陳曰弟子幼累二十口歲約一百緡粗備緣以業次淺薄無得厚利僧笑曰我有白金五十鋌酬爾三年供養因指庭中金櫻樹曰此去造

一佛堂當有報應言訖而去陳謂之風狂故不信至夜見一白鼠雪色緣其樹或上或下久之揮而不去陳言於妻子曰衆言有白鼠處即有藏僧應不妄言遂掘之果獲五十笏其僧遂絕蹤矣

薛主簿

問濤說永嘉縣有一人患癩衣裳襤褸顏色寒餒於市中求乞羣小兒多將箆隨後撼其癩處亦不爲怒有薛主簿愍之來即與飲食去亦不謝或時負薪出賣至暮從水南而往莫知所止薛後暴卒見一人持

文帖云太山府君追薛憂惶隨往經歷路岐甚崎嶇入一城中如官府薛立門外追者入唱喏云某乙到聞聲去領入追者却出引薛至堦前仰視一人衣王者之服廳宇高敞兩廊數十人濟濟而立王問因何事追之吏云爲前生寃家執論王遣之令勘對薛方回身忽報大舅至王卽起身迎揖薛覲之乃瘧者也遂高聲叫相救瘧者見薛拍手驚曰主簿何得此來王曰有寃債追瘧者謂王曰老舅承斯人顧聘可爲放赦良久謂吏曰試看命如何吏趁出將

到二卷簿書檢云有三十年在王曰奇哉乃謂薛曰能作善業即可得還薛曰如得還生願造尊勝幢子所解冤讎王令一吏記之語畢又一吏報云某乙冤讎已承功德解脫王顧薛忻然稽首曰大哉之法力還世速建置無遷延若非勇知識亦難相爲吏令拜王及舅王處分吏曰令向追者準前押領薛回不得停駐遂引從舊路歸直至所居門首似夢覺家人號泣云一宿矣頃方能言斯事後遂每日一食建幢子專持念其瘡者即不至矣乃圖像供養焉

高彥

湖州高彥司徒夢見一道士仗劍至卧內高問彼何人答曰來作司徒之子要殺數千寃讎高驚覺說之其妻是月有孕朞長一子精神俊利名曰禮年十三四心奸詐後繼父之位毒害生民動惟傷殺醉怒一婢因而斬之後頻作祟照鏡見其形禮甚惡之謂親密者曰我前後殺人多矣或衙內宿舊或軍中勳列皆無滯魄偶斬一婢彷彿在焉有善道法者求以猒之親密者乃言道士葉孤雲精於符籙請試佩之禮

如其言後果絕影響

黃德瓌

黃德瓌家人烹鼈將箬笠覆其釜揭見一鼈仰把其笠背皆蒸爛然頭足猶能伸縮家人愍之潛放河涇間後因患熱將殛德瓌徙於河邊屋中將養夜有一物徐徐上身覺甚冷及曙能視胸臆悉塗淤泥其鼈在上間三曳三顧而去即日病差

錢珣

右丞錢珣與裴安居近珣病死再宿而活言於妻子

因人召云命已終然平生無作罪業便再爲男子遂去市人畢瑨家託身入見其家雖門戶低小而物力甚豐其畢氏妻有孕月數足將有所育忽一使者持帖奔至云悞矣合在裴家爲男此非也又隨使者到裴家見其妻使者云當在斯爲子緣裴氏妻月數未滿故令其回此去四十日壽當終爾及期而卒裴家是日果產一男容色有似右丞訪畢氏之子皆如所說

章蘊

上虞縣有民章蘊者因歲歉於隣人假糧數十斛後隣人闕食就索之抵負誓曰的不還作犂牛填章笑而許諾朞月章卒其隣家產一犢當耕耨之次謂弟兄曰章某欠我米已云許作牛還此犢莫是否偶以姓名呼之隨聲而應再答旣而俛淚屈膝似拜許之狀報其家屬來驗之右肘上隱起字曰負人米罰作此畜其家乃數倍價贖而養之

台州漁者

台州海壖有漁者死信宿而活云被人追往一處入

院宇中見先舅氏在其間似為世之曹吏謂漁者曰追者悞矣姓名同爾呼追者曰是溫州界某乙速押斯人回去當別之際謂曰舅在此甚驅馳為向骨肉間言造楞嚴經救拔餘無所要又戒之曰爾之業不善還世改求衣食良久有人報上司有貼下云來歲在戊子諸道兵起惟江南疫死數千人處分水府減魚料一百萬頭追者促行回至所居驚覺其家將欲殯次其年果然漁者乃為行者

煠鱔人

有人常爍鱔貨歲月既深而有惡報一旦歸怒其妻振髮而曳之其髻子脫在手腦中盡是鱔頭戢戢焉而卒

狗不相食

衆說狗不相食者近人道矣飽里有人將其肉餧一犬銜往草中跑地埋之嗚咽久而不去

屠者

漢書云挹婁國人穴居好養豕食其肉衣其皮冬以膏塗身厚數分以禦風寒今之屠者眼多似其類焉

雲溪漁人

雲溪有漁人將箄籃捕魚往收之際見一鱧長數尺枕於箄上將鐵叉截之不中看箄內有一小鱧漁者思之此俱是其子未取之隱於葦叢再候大者良久至游泳箄外求出其子漁者忽悟曰常聞殺鱧益罪乃謂其魚曰若有變異當放爾子其魚乃吐一條黄氣上有一僧長數丈其氣高二丈餘頃而沒漁者駭然遂開箄放其子相引跳躍漁者棄業於金山寺爲僧至今存焉襲明子疑斯事召其僧詢之不虛

胡氏

越中有胡氏之妹性妒忌怒婢妾將熨斗烙其面皮肉焦爛猶未快意及其疾病遍身瘡痍兼當三伏中卧欲展轉肌膚旋粘牀席體血臰穢骨露方卒

台州民

台州有民姓王常祭厠神一日至其所見着黄女子民問何許人答云非人厠神也感君敬我今來相報乃曰君聞螻蟻言否民謝之非惟鄙人自古不聞此說遂懷中取小合子以指點少膏如口脂塗民右耳

下戒之曰或見蟻子側耳聆之必有所得良久而滅民明日一見柱礎下羣蟻紛紜憶其言乃聽之果聞相語云移穴去暖處傍有問之何故云其下有寶甚寒住不安民伺蟻出訖尋之獲白金十鋌即此後不更鬧矣

沈徵

□徵者性惡見蚯蚓前後殺之甚多一旦腿間生癰內有一肉迭起有似蚯蚓之頭觸之痛楚入髓欲□僧元灝處求膏傅之其夜夢一條極偉作人言曰

我業爲此蟲類以時出於泥中無患君事何意殺我眷屬今來要君命聞往灝公處取膏且去尥速與作善因拔我即不再來徵驚覺說似妻子許寫佛經看其瘡果有一條從中而出徵以指引之長數寸其瘡即日而合

龍山軍人

龍山有數軍人修築茶園見一白蛇大如拱競舉鋤擊之內一人姓佘者勸不殺衆不從其言遂攫斃之來旦一白衣女子携一籃下嶺皆見之良久放下籃

子入林中似回顧衆徃奪之姓佘者亦不隨其籃內盛一顆蕈光嫩玉色女戟手曰平時此地有盜埀泣而去軍人將歸火慕烹之方食之次姓佘者忽頭痛不可忍乃睡夢其女子云此蕈有毒君不害我請莫食之睡覺衆人各食訖姓佘者怪而疑之將抛棄旬日衆人相次嘔血而卒惟姓佘者存焉

潘逢

潘逢者爲吏有民因罪而法未合死潘曲殺之後見他人即不見惟聞語聲云在陰中論爾須去對之方

得脫於冥間潘召人禁呪默劾不能除每日同飲食行坐惟不入國門潘問之何不入其門曰我是鬼門神不與入潘曰爾是官殺何相執不能取我命空朝夕繫綴何也鬼曰爾不上文字官焉殺我蓋緣爾命未盡是以隨之潘無柰之乃曰與修善因拔離冥寘如何鬼曰甚善然須作手狀云爲某甲造某事依其言後即不見矣

彭和尚

大都大師說彭和尚性殺螻蟻前後火燒湯潑不可

勝紀及篤病蟻緣臥床上身圍匝舁於淨室中將石灰周遭遶之又自空而飛至及卒口眼耳鼻中皆是

梁元帝

梁元帝母阮修容嘗失一珠元帝時絕幼吞之謂是左右所盜乃灸魚眼以厭之信宿之間珠從便出元帝壽一目致眇

黃敏

都校黃敏者因禦寇墮馬折其左股其下遂速以石碎生龜傅之月餘乃愈而龜頭尚活龜腹與髀肉相

連而生皰遂惡之他日思割去將下亦痛楚與巳肉無異不能而止龜目所視亦同巳所見也

靈應録終

前定錄

唐 鍾輅撰 武林柴紹校閱

竇相易直

竇相易直初時名祕家貧就業村學教授叟有道術而人不知一日近暮風雪暴至學徒悉歸家不得群而宿于漏屋之下寒爭附火唯竇公寢于榻夜深方覺叟撫公令起曰竇祕君後爲人臣貴壽之極勉勵自愛也及德宗幸奉天日公方舉進士亦隨鸞而乘蹇驢至開遠門人稠路隘其府將闔公懼勢不可進

聞一人叱驢兼捶其後得疾馳而出顧見一黑衣卒呼公曰秀才已後莫忘閽倩及陛朝訪得其子提挈累至大官吏中榮達

柳員外

柳宗元自永州司馬徵至京師意望録用一日詣卜者問命且告以夢曰余柳姓也昨夢柳樹仆地其不祥乎卜者曰無苦但憂遠官耳夫生則柳樹仆則柳木木者牧也其牧柳州乎卒如其言

李諒公

李逢吉未掌絲綸前家有老婢好言夢後多有應公望除官因訪婢一日婢晨至慘然公問故曰昨夜與郎君作夢不是好夢意不欲說公強之婢曰夢有人舁一棺至堂後云且置在地不久即移入堂中此夢恐非佳也公聞夢竊喜俄爾除中書舍人知貢舉未畢入相

崔相

崔相國羣之鎮徐嘗以崔氏易林自筮遇乾之大畜其繇曰典策法書藏在蘭臺雖遭亂潰獨不遇災及

經王智興之變果除祕書監

盧賓客

盧賓客貞白父曰老彭有道術兼號知人元和初宗人弘宣簡辭弘正簡求俱候焉留坐因之曰二行五節度使可謂盛矣卒如其言又族子鍇初舉進士就安邑所居謁鍇曰爾求名大是美事但此後十餘年方得勿以遲晚爲恨登朝亦大美官鍇至長慶元年始擢第大中十年終庶子

牛師

長慶中鄂州里巷人每語輒以牛字助之又有僧白號牛師乍愚乍智人有忤之者必云我兄即到豈奈我何未幾而相國奇章公帶平章事節制武昌軍其語乃絕而牛師尚存僧者牛公之名也方知將相之位豈偶然耶

陳存

進士陳存能爲古歌詩而命蹇主司每欲與第臨時皆有故不果許尚書孟容舊相知知舉日萬方欲爲申屈將試前夕宿宗人家宗人爲具入試食物兼備

晨餐請存偃息以候時五更後怪不起就寢呼之不應前視之已中風不能言也

鄭誘

進士鄭誘在名場歲久輩流多以榮達常有後時之歎一夕忽夢及第而與韋周方同年當時韋氏舉人無名周方者益悶之太和元年秋移舉洛中時韋弘景尚書廉察陝郊族韋景方赴舉過陜尚書誥曰我名弘景汝兄弘方汝韋景方兄韋各分吾名一字誠無意也遂更名曰周方誘聞之喜曰吾及第有望矣

四年周方升名而果同年焉誇子溥又自說應舉時曾夢看及第榜上但見鳳字大中元年求解鳳翔偶看本府鄉貫首便是鳳字至東都試緱山月夜聞王子晉吹笙詩生側諸詩悉有鳳字明年果登第焉

孔溫裕

河南尹孔溫裕以補闕陳討党項貶郴州司馬久之得堂兄尚書溫業書報云憲府欲取作侍御史日望勑下忽又得書云宰相以右史處之皆無音耗一日有鵲喜于庭直若語狀孩稚拜且祝曰願早作官鵲

既飛去陛下方寸紙有補闕二字無幾遂除此官

王蒙

王蒙與趙憬有布衣之舊常知其才趙公入相蒙自前新淦縣令求謁公見極喜給郵甚厚將擢爲御史時憲僚數少德宗難於除授而趙公之言多行蒙意可以坐待御史之拜一日偶詣慈恩寺僧占氣色者蒙問早晚得官僧曰觀君之色殊未見喜兆此後若年年當得一邊上御史蒙大笑而歸數日趙公奏言御史府闕大多就中監察尤爲要官臣欲選擇三二

人上曰此官須得孤直茂實充選料卿祗應取輕薄後生朝中子弟耳此不如不置公曰臣之愚見正如聖慮欲于錄參軍縣令中求上喜曰如此卽朕之意公因薦二人其一卽棠也上曰早將狀來公旣出逢裴延齡時以次對問公曰相公奏何事喜氣充溢公不對延齡慍罵而去云爲此老叟所請得行否旣見上奏事畢因問曰趙憬自論何事上曰趙憬極心公因說御史事延齡曰此大不可陛下何故信之且憬身爲宰相豈諳州縣長續劾白二人又不爲人所

稱憬何出身知之必私也後來陛下但詰其所自即知矣他日上果問云卿何以知此二人公曰一是故人一與臣微親諳熟之上無言他日延齡又入上曰憬所請果如卿料遂寢不行蒙遂歸故林而趙甍於相位後數年邊帥奏爲從事得假御史焉

黄損

黄損連州人有大志舉于廬山與桑維翰宋齊丘相遇每論天下之務皆出損下損亦自負居無何遊五老峰遇磐石小憩頃之有叟長嘯而坐措維翰齊丘

司公等皆至將相但各不得其死耳次指損曰此子有道氣可以隱居若求官不過一州從事耳宜思之損甚怒叟曰休戚之數定矣吾先知也何怒乎後皆然

張寶藏

貞觀中張寶藏爲金吾長嘗因下直歸櫟陽路逢少年畋獵割鮮野食倚樹嘆曰張寶藏身年七十未嘗得一食酒肉如此者可悲哉傍有一僧指曰張寶藏六十日内官登三品何足嘆也言訖不見寶藏異之

即時還京師太宗苦於氣痢衆醫不効即下治問殿庭左右有能治此疾者當重賞之寶藏嘗困是疾即具疏以乳煎蓽撥方進上服之立差宣下宰臣與五品官魏徵難之逾月不進擬上疾復問左右曰吾前飲乳煎蓽撥有効復命進之一啜又平復因思曰嘗令與進方人五品官不見除授何也徵懼曰奉詔之際未知文武二吏上怒曰治得宰相不妨已授三品官我天子也豈不及汝耶乃厲聲曰與三品文官授鴻臚卿六十日矣

崔龜從

崔龜從未達時嘗至宣州夢到一宿門屋宇深大非人間所有有緑衣吏抱案龜從揖而問之緑衣亦喜云人生簿籍也崔問曰某未達應舉請爲一檢可乎吏唯之因爲檢曰灼然及第科名極高官至此州刺史言訖遂覺崔自喜之明年果中第又聯得科目官至中書舍人出爲華州刺史因爲妻曰昔夢皆驗今爲刺史位至此矣當爲身後之計俄除戶部侍郎深不自會尋除爲宣州觀察使至日吏白曰舊例長吏

到皆謁敬亭神廟崔公命駕謁之既到道路門巷皆昔夢中所遊入門宛然遂歷堂見西壁有畫一綠衣吏抱案其吏即夢中所見乃歸而怏怏又謂妻曰昔夢綠衣人云合至此州刺史此已任矣及旬日得疾治之不愈謂妻曰本來之說此其驗矣妻曰昔日爲遊客尚獲佳夢今爲地主合往祈之崔公乃置酒食進祝之其夕又夢敬亭神自至曰大夫壽愈矣無憂也崔即告本廟吏之詞神曰吏以公爲當此州偶然爾公位極重不可盡言自此去尚有十四年壽耳言

訖而竟崔公疾壽差後此如其言時開成四年也

孫思邈

孫處儉嘗以諸子見思邈曰儉先顯侑晚貴全福在執兵後皆驗又太子詹事盧齊卿之少也思邈曰後五十年位方伯吾孫爲屬吏願自愛時思邈之孫溥尚未生及溥爲省生而齊卿爲徐州刺史

武居常

武居常天后高祖也少時遊洛下人謂爲猴類郎以居常頤下有若猿領也其上有四靨一日伊水上遇

一丐者曰郎君當有身後名而骨法當刑然有女尚八十八後起家暴貴壽亦浸微居常不之信後卒如其言

房玄齡

房玄齡來買卜成都日者笑而掩鼻曰公知名當世爲時貴相奈無繼嗣何公怒時遺直以三歲在側日者顧指曰此兒絕房者此也公大悵而還後皆信然也

明皇

明皇始平禍亂在宮所與道士馮存澄因射覆得卦曰合因又得卦曰斬關又得卦曰鑄印乘軒存澄啓謝曰昔此卦三靈爲最善黃帝殲炎帝而筮得之所謂合因斬關鑄印乘軒始當果斷終得嗣天明皇掩其口曰止矣默識之後卽位應其術焉

姚宋

明皇初登極夢二龍銜符自紅霧中來上大隸姚崇宋憬四字掛之兩大樹上蜿蜒而去夢四上召申王圓兆王進曰兩木相也二人各爲天遣龍致於樹卽

姚崇宋憬當爲輔相兆矣上嘆異之

柳神州

羅池北龍城勝地也役者得白石上微刻畫之龍城柳神所守驅役鬼山左首福土氓制九醜余得之不詳其理特欲隱余於斯歟

玄宗

玄宗幸東都偶秋宵與一行師登天宮寺閣臨眺久之返顧淒然發嘆數四謂一行曰吾甲子得無患乎一行進曰陛下行幸萬里皇祚無彊及西狩初到成

都前望大橋上舉鞭問左右曰是橋何名節度史崔圓躍馬進曰萬里橋上因追嘆曰一行之言今果符之吾無憂矣

李衛公

太尉衛公爲并州從事到職未旬月忽有王山人者詣門請謁公與之及帝乃曰某善按年也公初未之奇因清虛正寢備凡案紙筆香水而巳因令垂簾靜伺之生與公皆坐於簾下頃之王生曰可驗矣紙上書八字甚大且有楷法曰位極人臣壽六十四生遽

請歸竟亦不知所去及會昌朝三行策至一品薨于
海南果符王生所按之年

李景讓

宣宗將命相必採中外人情合爲相三兩人姓名撚
之置香案上以椀覆之宰相闕必添香探丸以命草
麻上竊于李景讓竟探名不著有以見其命也

麻訔

牛相新昌宅泓施號爲金椀言金或傷缺可重製本
將作大匠麻訔宅訔自辨崗阜形勢以其宅當出宰

相後每命相有寮必引領望之宅竟爲牛所得

劉逸

劉逸在淮汴州時韓弘爲右廂都虞候王公爲左廂與弘善相或譖王不利于劉劉大怒召詰之王年老股戰不能自辨劉令拉坐杖三十新造赤棒頭徑數寸固以筋漆數五六當死矣韓意其必死及昏造其家怪無哭聲訪問郎言大使無恙弘遂至臥内問之王曰我讀金剛經四十年今方得力就説初坐時見臣手如簸箕翕然遮背因袒示都無撻痕

前定錄終

耳目記

唐　張鷟撰　武林鄒吉士閱

周洛州司倉嚴昇期攝侍御史於江南道巡察性嗜水犢肉所至州縣烹宰極多小事大事入金則弭凡到處金銀爲之踊貴故江南人號爲金牛御史

周春官尚書閻知微和默啜司賓丞田歸道爲副至牙帳下知微舞蹈宛轉抱默啜靴鼻而吮之歸道長揖不拜默啜大怒倒懸之經一宿乃放及歸與知微爭於殿庭言默啜不必和知微堅執以爲和默啜果

反陷趙定知微誅九族拜歸道夏官侍郎右拾遺知良弼使入伺奴坐帳下以不潔食之良弼食盡一盤放歸朝廷恥之

周文昌左丞孫彥高無他識用性頑鈍出爲定州刺史歲餘默啜賊至圍其郛彥高卻鎖宅門不敢詣廳事文案須徵發者於小窗內接入賊既乘城四入彥高乃謂奴曰牢關門戶莫與鑰匙其愚怯皆此類俄而陷沒刺史之宅先殲焉

周契丹賊孫萬榮之寇幽州河內王武懿宗爲元帥

引兵至趙州聞賊數千騎從北來乃棄兵甲南走邢州賊退方更向前軍回至都置酒會郎中於御前嘲懿宗曰長弓短度箭蜀馬臨堦騙去賊七百里隈墻獨自戰甲仗總拋却騎猪正南竄上曰懿宗有馬何因騎猪對曰騎猪者夾豕走也上大笑懿宗貌短醜故曰長弓短度箭

周左領軍權龍襃將軍不識忌日問府史曰何名私忌對曰父母亡日請假獨坐房中不出襃至忌日於房中靜坐有青狗突入房中襃大怒衝破我忌更陳

牒改明朝好作忌日談者笑之、

周推事索元禮時人號爲索使訊囚作鐵籠頭轝呼角切其頭仍加楔焉多至腦裂髓出亦爲鳳曬翅等以椽關手足而轉之並研骨至碎亦懸囚於梁下以石縋頭其酷法如此元禮故胡人薛師假父後罪贓賄流死嶺南

唐監察御史李全交專以羅織爲業臺中號爲人頭羅剎殿中號爲鬼面夜叉訊囚引枷柄向前名爲驢駒拔橛縛枷頭著樹名曰犢子懸車兩手捧枷累磚

於上號爲仙人獻果立高木之上梳向後拗之名玉女登梯

隋末深州諸葛昂性豪俠渤海高瓚聞而造之爲設雞肫而已瓚小其用明日大設屈昂數十人烹猪羊等長八尺薄餅闊丈餘裹餤麤如庭柱盤作酒盌行巡自爲金剛舞以送之昂至後日屈瓚屈客數百人大設車行酒馬行炙挫碓斬膾磑轢蒜虀唱夜叉歌師子舞瓚明日復烹一雙子十餘歲呈其頭顱手足座客皆喉而吐之昂後日報設先令要妾行酒妾無

故笑昂叱下須臾蒸此妾坐銀盤仍飾以脂粉衣以錦繡遂擘骸肉以啖瓚諸人皆掩目昂於奶房間撮肥肉食之盡飽而止瓚羞之夜遁而去昂富後遭離亂狂賊來求金寶無可給縛於椽上炙殺之

唐益州新昌縣令夏侯彪之初下車問里正曰雞子一錢幾顆曰三顆彪之乃遣取十千錢令買三萬顆謂里正曰吾未要且寄雞母抱之遂成三萬頭雞經數月長成令吏與我賣都一雞三十文半年之間成九十萬又問竹筍一錢幾莖曰一錢五莖又取十千

錢付之買得五萬莖又謂未須且林中養之至秌成五萬莖竹令賣一莖十錢遂至五十萬其貪猥不道皆此類

唐滕王極淫諸官妻美無不嘗偏詐言妃喚即行無禮時典籤崔簡妻鄭氏初到王遣喚欲不去懼王之威去則被辱鄭曰昔愍懷之妃不受賊胡之逼當今清泰敢行此事邪遂入王中門外小閤王在其中鄭入欲逼之鄭大叫左右曰王也鄭曰大王豈作如是必家奴耳取一隻履擊王頭破抓面流血妃聞而出

鄭氏乃得還王大慙旬日不視事簡每日參候不敢離門後王衙坐簡向前謝過王慙卻入月餘日乃出諸官之妻曾被王喚入者莫不羞之其壻問之無辭以對

唐杭州刺史裴有敞疾甚令錢塘縣主簿夏榮看之榮曰使君百無一慮夫人早須崇禍以禳之崔夫人曰禳須何物榮曰使君娶二姬以厭之出三年則厄過矣夫人怒曰此獠狂語兒在身無病榮退曰夫人不信榮不敢言使君合有三婦若不更娶於夫人不

祥矣夫人曰乍可死此事不相當也其年夫人暴亾

儆更娶二姬

周大足年中泰州鄭家莊有一兒郎年二十餘日晏於驛路上見一青衣女子獨行姿容姝麗郎君屈就莊宿將衣被同寢至曉門久不開呼之不應於窻中窺之惟有腦骨頭顱在餘並食訖家人破戶入一物不見於梁上暗處有一大鳥衝門去或云羅刹魅也

唐柴紹之弟有材力輕趫迅捷踊身以上挺然若飛十數步乃止嘗著吉莫靴上磚城直至女墻手

無扳引又以足指緣佛殿柱至簷頭捻椽覆上越百尺樓閣了無障礙文武聖膚皇帝奇之曰此人不可以處京邑出爲外官時人號爲壁飛

唐垂拱四年安撫大使狄仁傑檄告西楚霸王項君將校等畧曰鴻名不可以謬假神器不可以力爭應天者膺樂推之名背時者非見幾之主自祖龍御宇横噬諸侯任趙高以當軸棄蒙括而齒劒沙丘作禍於前望夷覆滅於後七廟墮圯萬姓屠原烏思靜於飛陳（作罾）魚豈安於沸水赫矣皇漢受命玄穹膺赤帝

之禎符當素靈之鈇運府張地紐彰鳳舉之符仰緯天綱鬱龍興之兆而君潛遊澤國嘯聚水鄉矜扛鼎之雄逞拔山之力莫則天符之所會不知曆數之有歸遂奮關中之翼竟垂垓下之翅蓋實由於人事焉有屬於天亾雖驅百萬之兵終棄八千之子以爲殷鑒豈不惜哉固當匿魄東峯收䰟北極豈合虛承廟食廣費牲牢仁傑受命方隅循華攸寄今遣焚燎祠宇削平臺室使蕙檄銷盡羽帳隨烟君宜速遷勿爲人患檄到如律令遂除項羽廟餘神並盡惟會稽禹

廟存焉

周則天時謡言曰張公吃酒李公醉張公者易之兄弟也李公者言王室也

周杭州臨安尉薛震好食人肉有債主及奴詣臨安止於客舍飲之醉並殺之水銀和煎并骨銷盡後又欲食其婦婦知之踰墻而遁以告縣縣令詰之具得其情申州録事奏奉勑杖一百而死

周舒州刺史張懷肅好服人精唐左司郎中任正名亦有此病

周郎中裴珪妻趙氏有美色曾就張憬藏卜年命憬藏曰夫人目長而慢准相書豬視者淫婦人目有四白五夫守宅夫人終以姦廢宜慎之趙笑而去後果與合宮尉盧崇道姦没入掖庭

唐宜城公主駙馬裴巽有外寵一人公主遣人執之截其耳鼻剝其陰皮附駙馬面上并截其髮令廳上判事集僚吏共觀之駙馬公主一時皆被奏降公主爲郡主駙馬左遷也

唐開元二年衡州五月頻有火災其時人盡皆見物

大如甕赤如燈籠、所指之處尋而火起百姓咸謂之
火殃、
周永昌中涪州多虎暴有一獸似虎而絶大逐一虎
噬殺之、錄奏檢瑞應圖乃酋耳、也不食生物有虎則
殺之、
漢發兵用銅虎符、及唐初爲銀兎符以兎子爲符瑞
故也又以鯉魚爲符瑞爲銅魚符以佩之至僞周武
姓也玄武龜也、又以銅爲龜符
郴州古桂陽郡也、有曹泰年八十五偶少妻生子名

曰曾、日中、無、影、焉、年七十方卒親見其孫子具說道

士曹體一即其從孫婭云的不虛故知那吉驗影不

虛也

耳目記終

睽車志

唐　歐陽烱纂　明何璧校補

無處非鬼

天下無處非鬼充塞無間獨亙人國白玉城自女墻至城下俱以白玉爲之鬼不敢入葢鬼陰物喜黑而畏白耳

以鬼爲飯

江南有人長七丈名黄父以鬼爲飯以霧露爲漿

賣鬼

睽車志

南陽宗定伯年少時夜行逢鬼問鬼所忌答云唯不喜人唾定伯便擔鬼著頭上急持行徑至市中下著地化爲一羊唾之恐其變化賣之得錢千五百

却鬼丸

梁武帝正月賜羣臣却鬼丸

鬼血

瑪瑙鬼血所化

部鬼

部鬼將軍上廣

鬼母

南海小虞山中有鬼母一產千鬼朝產之暮食之今蒼梧神有鬼姑神是也虎頭龍足蟒目蛟眉其形畏人

馬鬼

馬鬼名賜

人鬼各半

有女巫識鬼形狀孫知微問之云今道途人鬼各半人自不辨

衣服鬼

衣服鬼名甚遼又世説曰人見死者著生時衣服然則衣服亦復有鬼耶

才鬼

陶貞白曰寧爲才鬼無爲頑仙

下鬼

紫元夫人受寶書于魏華曰有泄我書身爲下鬼寒

諸河源

食魅

狒胃食虎、雄伯食魅、

倀鬼

虎所至倀鬼爲之先驅、輒壞獵人機械、當以烏梅、楊梅之類、布地、葢此鬼嗜酸、而不顧虎、虎乃可擒、

鬼仙

鬼仙出太眞科經

司書鬼

司書鬼曰長恩、除夕、呼其名而祭之、鼠不敢齧、蠹魚不生

鬼陣

昔人謂碁爲鬼陣

鬼宿

佛教上屬鬼宿葢神鬼之事鬼暗則佛教衰吳氏嘗謂佛乃一靈鬼耳

俗鬼

嶺表占卜甚多鼠卜米卜箸卜牛卜骨卜田螺卜雞卵卜篾竹卜俗鬼故也

瘧鬼

杜子美詩三年奄病瘧一鬼不銷亡

破面鬼

齊東昏即位多行殺戮沈昭略與沈文季徐孝嗣同召入省例賜藥酒徐孝嗣曰廢昏立明古今令典宰相無才致有今日即以甌投孝嗣面曰汝便作破面鬼

羅鬼

鬼方俗爲羅鬼

爲鬼所笑

劉伯寵貧窶尤甚常營什一之利忽見一鬼在旁大笑伯寵曰貧窮固有命乃爲鬼所笑

領萬鬼

神荼欝壘領萬鬼

鬼乞婿

劉積中一夕見女鬼長纔三尺自燈影中出向劉乞婿一夕又向劉煩主人作鋪公鋪母

鬼録

古詩奄忽就鬼録

省中多鬼

晉以來尙書省多有鬼恠每夜或見人着衣冠從中出見者多死宋徐孝先居之鬼物遂息

人鬼相觸

梁傅昭歴位左戸尙書安成内史郡自宋來兵亂相接府舍稱凶每昏旦聞人鬼相觸昭至有人夜見甲兵出曰傅公善人不可侵犯自是郡遂無患

井鬼

井鬼名瓊

鬼詩題驛

劉元方嘗宿湖岸驛中夜聞歌聲朝閱楹間有題云爺娘送我青楓根不記青楓幾回落當時手刺衣上花今日爲灰不堪著

畫車辟鬼

漢作畫雲氣車及各以勝日駕車辟惡鬼

變鬼法

夷俗有人能爲變鬼法

鬼衣

鬼衣無縫

鬼虎

一婢方卧有婦人取細竹杖從壁隙中刺之婢即腹痛開戶如厕忽爲虎所搏鄉人云村中恒有此怪所謂鬼虎者也

忠鬼

後周李遠曰大丈夫寧爲忠鬼

祀猫鬼

隋獨孤陀好左道祀猫鬼每殺人所死家財移于祀

猫鬼家

黎丘鬼

梁北丈人有之市而醉歸者黎丘鬼喜効人子姪之狀扶而道苦之歸而誚其子始知奇鬼也明旦復往其眞子往迎之丈人望其眞子拔劍而刺之

沉鬼

心蔽幽憂者沉鬼攝之

鬼還

富某死踰年既葬其子以清明上冢方悲哭塚中忽

應詰曰吾今隨汝歸矣子到家聞聲已在堂中呼妻女出敘問欵密宛如生時及暮曰吾當還可令一僕相送

敬鬼

東甌敬鬼壽百六十歲

鬼持矛

信都令家婦女驚恐更互疾病使輅筮之輅曰君北堂西頭有兩死男子一持矛一持弓箭頭在壁內脚在壁外

小鬼

杜主故周之右將軍其在秦中最小鬼之神者見封禪書

鬼忌

雷煥謂華曰門魅鬼忌狗所別者數百年物耳惟千年枯木照之則形見

鬼偷

丹陽張承先有一鬼爲張偷得一箭云慎勿至新亭射此三井陶家物也

鬼主

南蠻傳俗尚巫鬼大部落有大鬼主百家則置小鬼主一姓

青鬼

劉禹錫南中詩曰淫祀多青鬼

鬼魅取伏虎

吳時倪彥思忽見鬼魅入其家乃延道士逐之酒餚旣設道士便擊鼓召諸神魅乃取伏虎于神坐吹作角聲以亂音有頃道士忽覺背中冷驚起解衣乃伏

虎也

陰摩羅鬼

崔嗣復預貢入都一夕宿僧寺忽有聲叱之者驚起視之則一物如鶴色蒼黑目烱烱如燈鼓翅大呼甚厲明日語僧對曰素無此怪第旬日前有叢柩堂上恐是耳嗣復後爲開寶一僧言之僧曰藏經有之此新死屍氣所變號陰摩羅鬼

鬼時

人以子時祀鬼言子者鬼也

海潮鬼

一人夢亡者曰今在海潮鬼部中極苦每日潮上皆我輩推擁而來

鬼事

漢以來葬者皆有瘞錢後世里俗稍以紙寓錢爲鬼事

鬼媒人

北俗男女年當嫁娶未婚而死者兩家命媒互求之謂之鬼媒人

鬼不傷人

有道之日鬼不傷人

烏鬼

杜詩家家養烏鬼說者不一以爲烏蠻鬼者是也謂鸕鷀者非

鬼矢

鬼矢生陰濕地淺黃白色或時見之主瘡

鬼書

鬼書有紫煞刀斗出於古器

判冥鬼

張叔言判冥鬼十人十人數內兩人是婦人

鬼宮

鬼詩曰流水涓涓芹努牙織烏雙飛客還家荒村無人作寒食殯宮空對棠梨花

鬼携扇去

范魯公一日坐封丘巷茶肆中有人貌惟陋前揖因携公扇去公後至祆廟後門見一土木短鬼其貌肖茶肆中見者扇亦在其手中

鬼治家

有民家主死不離其家有所爲鬼語於空中謹從之

每有利益

鬼豕

齊人歸罪取彭生而殺之後襄公獵于貝丘有大豕

從者曰臣見豕乃彭生也

鬼至

鄭人殺伯有每相驚言其鬼至則皆走或夢伯有介

而行曰壬子余將殺帶也明年壬寅余又將殺段也

牛鬼

李賀序曰牛鬼蛇神

無鬼

阮瞻素執無鬼論忽有一客通名詣瞻寒溫畢聊談名理及鬼神之事反覆甚苦客遂屈乃作色曰鬼神聖賢所共傳君何得言無耶僕便是鬼須臾消滅

鬼談易

陸雲夜行迷路忽望草中有火光於是趣之至一家便寄宿見一年少美風姿共談老易音致深遠向曉

尋胙宿處乃王弼冢

鬼之董狐

于寶爲搜神記以示劉惔惔曰卿可謂鬼之董狐

新鬼

杜詩新鬼煩寃舊鬼哭

鬼眼

晉王範行荒澤中見一鬼面甚青黑眼無瞳子

鬼雄

屈原國殤云魂魄兮爲鬼雄

鬼手入牕

馬公亮少時燭下閲書忽有大手如扇自牕前伸入公以筆濡雄黄水大書花字牕外疾呼手不能縮

原鬼

韓愈作原鬼

書鬼

虞世南書冠當時人謂其有羲之鬼李賀詩曰願持漢戟招書鬼

山鬼

楚辭山鬼辭曰若有人兮山之阿被薜荔兮帶女蘿

不信鬼

阮宣子不信鬼

鬼影

晉陳超誤勸殺人後鬼常爲祟乃逃于長干寺易姓名避之一日臨水酒酣超曰今當不復畏此鬼也低頭便見鬼影已在水中

鬼才

世目長吉爲鬼才

燈下鬼現

嵇中散燈下彈琴忽有一人面甚小斯須轉大遂長尺餘單衣革帶嵇視之旣熟吹其燈滅曰予恥與鬼魅爭光

鬼蜮

史曰此此如鬼蜮百方害人

點鬼簿

楊烱爲文好以古人姓名連開時人號點鬼簿

鬼火

鮑照曰昨行春竹叢中鬼火狐鳴殊爲哀切

女鬼

王彦伯善鼓琴燭下見一女子披幃而進取琴調之聲甚哀雅彦伯曰所未曾聞女曰此向所謂楚明光者也

鬼唱

李賀詩曰秋墳鬼唱鮑家詩恨血千年土中碧

釣鬼

李子昂春日以游絲釣鬼

紙上鬼

李恒家事巫祝陳增妻召恒恒索于水盆中沉白紙使增妻視之正見紙上一婦人被二鬼驅拽增妻皇懼告增增明召恒還以水盆沉之恒觀之正見紙上有十鬼驅拽題名云此李恒也恒慚走蓋以白礬畫紙上沉水中與水同色

鬼啼

杜詩山鬼啼春竹

鬼借筆

王紹夜讀書忽窻外有言借筆者紹與之於窻上題一詩曰何人窻下讀書聲南斗闌干北斗橫千里思家歸不得春風腸斷石頭城

俠鬼

賀詩曰此中多俠鬼

鬼詠

甘露中有人夜泊巴州忽聞有人朗詠曉訪之更無舟船但空山石泉谿谷幽絕詠詩處有人骨一具

鬼續句

鄭郊過一塚上因駐馬吟曰塚上兩竿竹風吹常裊裊久不能續聞塚中言曰何不云下有百年人長眠不知曉郊驚問之不復言矣

鬼聽法

生公說法時有鬼來聽生公識之喝曰何不爲人去鬼以詩對曰做鬼今經五百秋也無煩惱也無愁生公勸我爲人去只恐爲人不到頭

鬼生子

胡馥之婦卒忽於燈後見就依如平生時當爲君生

一男馥如言暗而就之十月始娠果生一男男名靈產

絕鬼食

宗岱著無鬼論無能屈者一鬼化書生振衣起曰君。絕我輩血食二十餘年

饗鬼

若於墓祭祀都無益但於月盡日黃昏時於野田中呼兒名字必得饗也

治中鬼惡

夏侯弘捉得一小鬼問所持何物曰殺人以此矛戟若中心腹者無不輒死弘曰治此病有方否鬼曰以烏雞薄之即差

古鬼

杜牧詩古鬼哭幽塚

鬼貪食

一人見尸邊有老鬼伸手乞肉因捉其臂鬼不復得去但聞戶外有諸鬼共呼云老奴貪食至此甚快

鬼舉錢

太山府君家撒帳錢大如盞四十鬼不能舉一枚

鬼子

盧充與崔少府女幽婚後生子抱以還充故陸士衡詈盧曰鬼子敢爾

與鬼語

漢時王忳字少林爲郿令一夕有女子稱欲訴冤無衣自蔽忳以衣與之訴爲縣門下游徼所害忳曰當爲汝報之鬼捉衣而去謠曰信哉少林世無偶飛被走馬與鬼語

鬼手

世說曰冷如鬼手馨

鬼中毒

有鬼偷食人以毒藥中之須臾聞在屋頭吐

剩鬼

賈人章某死有人遇于路問之曰吾以小罪未免今配爲揚州掠剩鬼

鬼氣

揚仲弘以下詩文多殺機鬼氣

鬼兵

姚萇既殺永固一夕寢疾見永固云將鬼兵數百突入營中萇懼走入後帳宮人逆來刺鬼誤中萇陰鬼即相謂曰正著死所

愚鬼

史曰愚鬼弄爾公

鬼囊

一人於鬼手中奪得革囊鬼笑曰此蓄氣袋耳其囊可盛斛許絳色如藕絲携于日中無影

鬼葬

辰州西四十里有鬼葬山

難見如鬼

蘇秦曰楚謁者難見如鬼

友鬼

有新死鬼形疲瘦頓忽見生時友人死及二十年肥健相問訊曰卿那爾友鬼曰此易耳但作怪怖人當與卿食

鬼國

有人飄至一處遠望有山川城郭海師曰此即鬼國也

役鬼

左慈明六甲能役鬼坐致行厨

治鬼

管輅曰吾額上無主骨目中無守精鼻無梁柱脚無天根背無三甲腹無三壬但恐至泰山治鬼不得治生人耳

鬼膽

韓愈詩險語破鬼膽

笛部鬼

有人夜行一彩禽觸馬首翌日遇鬼乃莊宗時女樂笛部頭云巳遺錦羽兒相迎

鬼所

或問鬼所惡答云最惡金姑聲閭人謂破竹聲為金姑聲

徵鬼

晋士伯蒔徵于人宋徵於鬼

厲鬼

張巡曰死當爲厲鬼以殺賊

鬼妻

粤西夫死謂之鬼妻人無娶者

足中有鬼

梅侍讀晚年躁於祿位而病足常撫其足而詈之曰足中有鬼令我不至兩府者汝也

畫鬼

丹青志曰畫鬼易畫人難

奇鬼

記曰如奇鬼森然影攫人

寃鬼

有巫送鬼自持呪前行令一童擔羹飯既行童覺擔漸重至不能任巫曰此寃鬼難送也

漢江鬼

伶人才俊朝妻項癭如數斛之囊癭裂一猱跳出曰吾老猴精解風雨與漢江鬼愁潭老蛟往還

兎鬼

愓遇好畋獵放鷹於野見草中一兎搏之無所有如是者三郎投草求之得兎骨一具乃兎之鬼也

不怖鬼

晁良正性剛不怖鬼每年常掘太歲地掘後忽見一肉物良正打之三日送於河

產鬼

世傳婦人有產鬼形者不能執而殺之則飛去夜復歸就乳多瘁其母

小人以鬼

史曰敬之敝小人以鬼

空林鬼

嘯旨有十五章有深溪虎高柳蟬空林鬼巫峽猿之類

鬼哭

倉頡作字鬼夜哭

傖鬼

王丞相答陸牋云昨食酪小過通夜委頓民雖吳人幾爲傖鬼

鬼作

元部家有二玉鉢相盛可轉而不可出瑪瑙榼容三升玉縫之皆西域鬼作也鬼作即世所謂鬼工

眎鬼

邢和璞能算人壽夭使算張果老莫知其甲子師夜光能眎鬼令眎果終莫能見

鬼蛺蝶

鬼蛺蝶大如扇四翅好飛荔枝上

蜮鬼

徐秋夫善治病一鬼自稱患腰痛死今在湖北雖爲鬼苦亦如生求夫鍼治夫曰但汝無形何由治鬼曰但縛茅作人按穴鍼之訖棄流水中可也

羅襦鬼

庾道開謂蕉葉爲鬼羅襦

鬼樹

一人出買油酥遇不相識男子强討不與便毆明日復遇語旁見大皂莢樹突兀一瘤瘿頗似其面眉目悉具口中猶含酥氣

具鄉

南城尉耿君妻孕臨蓐痛不可忍延僧誦孔雀呪吞符下鬼雛遍體皆毛

叢祠鬼

大江以南地多山而俗禨鬼甚怪異多依岩石樹木為叢祠村村有鬼曰木究曰木下三郎一足者曰獨腳五通

鬼漸輕

李江氏夜宿田塍一女子就寢昵體冷如冰知其非

人一夜竊以布被縫作袋貯之肩以歸始覺甚漸輕到家舉火視之一血痕衫板而已

鬼太保

侯都事妾懷姙未及產而死後改藏見白骨已朽一嬰兒坐于足上食餅侯衆大駭抱出鞠養之及長祗事宮禁識者目爲鬼太保

鬼官

鬼官七十五職凡一百一十九人

葛森先務在長山乘虎使鬼無處不至

古杭雜記

元　李有撰　武林董三策閲

理宗庚申賈似道初入相有人作詩云收拾乾坤一担擔上肩容易下肩難勸君高着擎天手多少傍人冷眼看

晋郭璞錢唐天目山詩云天目山前兩乳長龍飛鳳舞到錢唐海門一點巽峯起五百年間出帝王及高宗中興建邦天目乃主山至度宗甲戌山崩京城騷動時有建遷蹕之議者未幾宋鼎遂移有人作詩云

天目山前水齧磯天心地脉露危機西周浸冷觚稜

月未必遷岐說果非

開僖韓侂冑開邊隙至函其首以乞和太學有詩云

晁錯旣誅終叛漢於期已入竟亡燕

驛路有白塔橋印賣朝京里程圖士大夫往臨安必

買以披閱有人題於壁曰白塔橋邊賣地經長亭短

驛甚分明如何秖說臨安路不較中原有幾程

寶慶丙戌袁樵尹京於西湖三賢堂賣酒有人題壁

曰和靖東坡白樂天三人秋菊薦寒泉而今滿面生

塵土郤與袁樵課酒錢

太學服膺齋上舍鄭文秀州人其妻寄以憶秦娥云花深深一勾羅襪行花陰行花陰閒將梅帶細結同心日邊消息空流淚畫簷樓上愁登臨愁登臨海棠開後望到如今此詞爲同舍見者傳播酒樓妓館皆歌之以爲歐陽永叔詞非也

婺州劉鼎臣赴省試臨行妻作詞名鷓鴣天云金屋無人夜剪繒寶釵翻過齒痕輕臨行執手殷勤送襯取蕭郎兩鬢青聽囑付好看成千金不抵此時情明

年宴罷瓊林晚酒面微紅相映明

易祓字彥章譚州人以優校爲前廊久不歸其妻作一剪梅詞寄云染淚修書寄彥章貪做前廊忘卻回廊功名成遂不還鄉石做心腸鐵做心腸紅日三竿懶畫粧虛度韶光瘦損容光何日得成雙羞對鴛鴦懶對鴛鴦

三山蕭軫登第榜下娶再婚之婦同舍張任國以柳梢青詞戲之曰掛起招牌一聲喝采舊店新開熟事孩兒家懷老子畢竟招財當初合下安排又不豪門

買猷自古道正身替代見任添差
理宗朝嘗欲舉行推囘畝田之令有言而未行至賈
似道當國卒行之有人作詩曰三分天下二分亾猶
把山川寸寸量縱使一坵添一畝也應不似舊封疆
又有作沁園春詞云道過江南泥墻粉壁右具在前
述何縣何鄉里住何人地佃何人田氣象蕭條生靈
憔悴經界從來未必然惟何甚爲官爲巳不把人憐
思量幾許山川況土地分張又百年四蜀巉巖雲迷
鳥道兩淮清野日警狼烟宰相弄權姦人罔上誰念

干戈未息肩掌大地何須經理萬取千焉

蜀人文及翁登第後期集遊西湖一同年戲之曰西蜀有此景否及翁即席賦賀新郎云一勺西湖水渡江來百年酣醉回首洛陽花世界烟渺黍離之地更不復新亭墮淚簇樂紅粧搖畫舫問中流擊楫何人是千古恨幾時洗余生自負澄清志更有誰磻溪未遇傅巖未起國事如今誰倚仗衣帶一江而已便都道江神堪恃借問孤山林處士但掉頭笑指梅花蕊天下事可知矣

項羽廟在臨安近郡三衢十八里頭樟戴市市人失火延及斯廟人有詩曰嬴秦久矣酷斯民羽入關中又火秦父老莫嗟遺廟毀咸陽三月是何人

淨慈寺乃祖宗功德院側有五百尊羅漢別創一田字殿安頓裝塑雄偉殿中有千手千眼觀音一位尤爲精製其第四百二十二位阿濕毘尊者獨設一龕用黃羅爲幙幙之傍置籤筒一座其像側身偃蹇便腹斜目覷人而笑臨安婦人祈嗣者必詣此炷香點禱以手摩其腹云有感應日積月久汗手加於泥粉

之上其腹黑光可鑒邪說誣民如此又假此以爲題化之端斂掠民財不可勝計其無忌甚矣

史彌遠作相時士夫多以鑽刺得官伶人俳優者一人手執一石用一大鑽鑽之久而不入其一人以物擊其首曰汝不去鑽彌遠卻來鑽彌堅可知道鑽不入也遂被流罪

舊傳三歲拜郊或明堂大禮所有在前誤國姦臣首級在大理寺者必以文祭葢訛傳謂以汚穢之物祭之其實乃少牢也其文云國家於三年恩霈汝雖誤

國然今亦不忘汝之舊特用以祭謬傳若此豈朝廷寬大之恩哉

杭州市肆有喪之家命僧爲佛事必請親戚婦人觀看主母則帶養孃隨從養孃首問來請者曰有和尚弄花鼓棒否請者曰有則養孃爭肯前去花鼓棒者謂每舉法樂則一僧三四鼓棒在手輪轉拋弄諸婦人競觀之以爲樂亦誨淫之一端也

賈似道母兩國夫人本賈涉之賤妾嘉定癸酉涉爲萬安丞似道在孕不容於嫡縣宰陳履常新塗人也

涉與之通家往來以情告之遂相與謀陳宰令其妻過丞廳之次諸妾環侍談話間因語丞妻以丞使令欲借知事一妾丞妻云惟所擇用陳妻遂指似道之母丞妻幸其去欣然許之即隨軒以歸縣衙及八月八日似道生於縣治賈承檄往他郡歸謁于宰始知之終不復入丞廳後改任雖攜似道歸鄉而其母竟流落及似道鎭維揚子母方得聚會享富貴數十年咸淳甲戌以壽終似道歸越治葬朝士貴戚設祭饌以相高爲競有累至數丈者裝祭之日以至擷炊數

人送塟者值水潦不問貴官沒及腰膝不得自便雖
理宗度宗山陵無以過之其冬北兵渡江似道潰師
寶祐乙卯御史洪天錫劾内臣盧允升董宋臣疏不
行六月御筆御史丁大全除司諫御史陳大方除正
言正言胡大昌除侍御洪天錫遂左遷時天下目丁
大全陳大方胡大昌爲三不吠之犬
温陵呂中作國史要畧謂南渡之後一壞於紹興之
檜再壞於開僖之韓三壞於嘉定之史愚亦謂理宗
四十年在御一壞於嵩之再壞於大全三壞於似道

也相之壞國如此哉

樂郊私語

桐江姚桐壽著　　朱虞望校閱

余始至州，舟過鹿苑廢剎。時方深秋，紅樹扶踈，隱映敗椽破壁，大足供客中吟眺。因維梢登覽，讀壁間舊記，有魯簡肅公羅漢見夢事。括蒼吳思齊題其旁曰：是法本平等，無怠亦無敬。如何證無生，却來見參政。余謂阿羅漢自敬正人，不敬參政。簡肅風範凜凜，載在史冊，每一繙誦，未嘗不想見其爲人。及入城，謁所謂魯公祠，祠旁有思魯橋，壁端有卜筊詞，州民有疑

輒問凶吉如響公之精靈不昧更有如此者柱上有聯云烏去古祠留鳥翼名從青史識魚頭是縣令蔣行簡所書

天仙湖急遞舖在城西十里僅一大漾耳湖旁相傳有徐灣故居灣得仙道者後以委蜕仙去故以名湖然復有廟神稱徐王蓋誤以徐灣爲徐王也廟後有老人甚襤褸問之姓郭氏乃宋樞相慎求之後貧無以資充舖長以自給因出樞相誥身像賛相示余攝衣冠拜之乃分裹糧之餘爲贈始知韓昌黎不見三

公後饑寒出無驢之句爲不誣也

六里山舊有石刻云天冊元年旃蒙協洽之歲孟冬陽月日維壬寅朔石簣神遺忽自開發拾得青石璽符文吳眞皇帝共三十八字余按吳天冊元年爲晉武帝咸寧元年是年七月甲申晦日有食之則孟冬朔非甲申則乙酉也壬寅當在望後安得有壬寅朔乎此必里人僞爲符瑞漫不考其日月以悅世主于一時耳

括蒼劉伯溫多才藝能詩文尤善形家言嘗以儒學

提舉得相見于錢塘後十年所劉已解官復見于海鹽之横山把臂道故至于信宿謂余曰中國地脉俱從崑崙來北龍中龍人皆知之惟南龍一支從峨嵋並江而東竟不知其結局處頃從通州泛海至此乃知海鹽諸山是南龍盡處余問何以知之劉曰天目雖爲浙右鎮山然勢猶未止蜿蜒而來右束黟浙左帶苕霅直至此州長墻秦駐之間而止于是以平松諸山爲龍左抱以長江淮泗之水以慶紹諸山爲虎右繞以浙江曹娥之水然諸水率皆朝拱于此州而

後乘潮東出前復以朝鮮日本爲案此南龍一最大地也余問此何人足以當之曰非周孔其人不可然而無有乎爾吾恐山川亦不忍自爲寂寂若此也

至正丙申三月日晡時天忽昏黃若有霾霧市中喧言天有兩日予立庭中視之初以老眼不能正視眩然若有數日久之果見兩日交而復開開而復合者凡數千百遍回視窗隙壁竇皆成兩圓影若重黃卵亦復開合不常此數十年來目所未覩之異也發書占之李淳風曰日不可有二風霾日無光占爲上刑

急人不樂生天日變色有軍急其君無德其臣亂國
嗟嗟今豈其時乎
十六年五月聲言張兵南下楊參政完者以數萬衆屯嘉興軍容甚盛先鋒呂才以七千衆屯王江涇商旅不行川途嚴肅張兵遂不敢取道嘉禾乃自平望烏墩直擣武林達丞相以爲楊當必扼其鋒漫不爲備及敵巳入境倉徨出拒遂至破軍殺將達僅以身免楊得破城之問乃跌足曰罪誠在我即統苗土官軍分爲三路使蔣英從大麻唐栖董旺從硤石長安

身率劉震朱鉞從海鹽黃灣而進以呂才呂昇屯守嘉興張軍知楊分路而來遂應接不暇一敗于皐亭山再敗于謝村三戰而敗于夾城巷張軍悉水從德清陸從海鹽遁還初楊過海上余與楊別駕郭大理謁之勸其留兵三千遏其歸路楊云此行賊且成擒安得有歸者不聽已而竟得縱逸而去

德藏寺在縣北五十里寺雖瀕市亦深靜可憩國初有僧真諦性若癡騃而恪守戒律第爲寺中樵汲而已時有國師楊連真伽來寓寺中聲言欲發天女等

墓然皆古塚實無意開發意以雲間陸左丞愛女及朱提舉夫人皆以有色夭死聞用水銀裝殮欲發尸婬穢之耳及楊下令果及二墓真諦聞之怒形于色衆僧懼其以纍致禍苦爲陰勸及楊五鼓肩輿發衆出寺真諦忽起抽韋馱木杵奮擊楊命擒之時衆雖數百皆披蕩不能拒傷者凡百餘人至有頭破臂折者人見真諦于衆中超躍每踰尋丈若隼擻虎騰飛捷非人力可到一時燈炬皆滅櫌耡畚挿皆爲毁壞楊大懼謂是韋馱顯聖遂不敢往發鼓棹率衆而去

亦不敢問此僧也後二年真諦行脚峨嵋不知所往州衙前有黃郎中廟相傳是前代賢令故立廟于此考之舊記惟紹興間有黃昱乾道間有黃綸然廟爲何執中重建則何又先于二黃竟不知爲誰按重修碑記云黃公不知何代不知何名亦不知何許人惟此中舊老云公爲縣有善政入民民不解于心相與尸祝者又不知幾何年今廟且頹圯民復奉主環泣請余新之余爲人莫親于祖先然親盡則毁茲黃公以前朝一令世何遠也世遠則政隔澤無及也世與

澤雨不可知則心所不屬也而民猶戀戀若不釋然者是豈人情哉我知其以前令勸後令耳以爲彼善爲民民亦不忘雖千百世不改則令之爲牧者曷不盡若黃公使後世不忘若今日之不忘黃公也余亦勉承民志重爲建祠以副其不忘黃公者余豈敢望民不忘如黃公也哉此記亦大有關於爲政者故錄于此

趙子固宋宗室也入本朝不樂仕進隱居州之廣陳鎮時載以一舟舟中琴書尊杓畢具往往泊蓼汀葦

岸看夕陽賦曉月爲事嘗到縣縣令宣城梅黻到船
謁公公飛棹而去梅佇立岸上言曰昔人所謂名可
聞而身不可見殆謂先生歟公從弟子昂自茗中來
訪公閉門不納夫人勸之始令從後門入坐定第問
弁山笠澤近來佳否子昂云佳公曰弟奈山澤佳何
子昂慚退公便令蒼頭濯其坐具蓋惡其作賓朝家
也余生也晚乃少從婦翁得見子昂今雖身寓公里
第有想像鼓棹行吟勝處耳至于子昂風神美麗而
和易可親文章書繪人號三絶若夫慫惥徹里竟誅

桑哥之奸亦當代第一流人也

稅務在安仁橋西十五步務爲宋樞密郭三益彰慶館基也余悲此地昔爲迎賓文酒之所今爲剝歛呌囂之場前後何雅溷懸隔也近來盜賊四起在在用兵課賦無蓺即稅額一節往往增加無算市中不堪其擾當延祐間程文憲條言江南茶鹽酒醋等稅近來節次增添比初時十倍今又逐季增添正緣管課程官虛添課額以詔上司其實利則歸已虛額則張掛欠籍云云奉仁宗皇帝聖旨諸色課程從實恢辦

既許從實豈可虛增除節略增課額實數及有續次
虛增數目特與查照並行蠲減從實恢辦明旨凜然
今但掛壁而已
張氏之陷平江也總管宣城貢師泰懷印脱身易姓
名爲端木氏隱居雲間時一往來海上嘗寓于資聖
寺與僧壽量相得甚歡壽量有戒行嘗絶江浮淮以
遊湖湘之間泛彭蠡過洞庭登祝融望大庾還至天
目傳法于中峯大師行脚于四遠凡三十年于是歸
隱于寺題其棲禪之室曰大隱貢因述其意作大隱

記記載禮部集文多不具載
楊友直元坦嘗于後至元間判餘干與余情暱而扁兒託契仲實同守友直實爲合二姓之好然未嘗悉其上世所從來茲卜居豐陽去友直所居僅一舍因得拜其先塋及高曾已下諸像乃知楊氏爲宋文公億之後有以武功起家者上著鹽之澉浦高祖春宋武經大夫國朝贈中憲大夫松江知府上騎都尉追封弘農郡伯曾祖發宋右武大夫利州刺史殿前司選鋒軍統制官樞密院副都統國朝內附改授明威

將軍福建安撫使領浙東西市舶總司事贈懷遠大
將軍池州路總管輕車都尉追封弘農郡侯祖梓嘉
議大夫杭州路總管致仕贈兩浙都轉運鹽使上輕
車都尉追封弘農郡侯謚康惠父楧敦武校尉贛州
路同知知寧都州事卒于官友直生方晬耳母周夫
人携孤扶櫬而歸時康惠公及陸夫人與楧生母皆
夫人相與保護至泰定丁卯康惠甍逝友直巳年二
十餘矣爲人倜儻多才好學不倦能嗣其先德江浙
財賦總管韓仲山重其才以女妻之比官上饒通守

常州所在著積方將振其家聲而天不悔禍復于至正丁酉溘然長逝春秋僅五十有五少寡遺孤煢煢在疚傷余結契仲實不幸早逝惟友直足爲旅人相依今復爾則信乎其命之窮也嗟乎友直往矣無以報稱惟應狀君世德及所行事以請于當代大方爲友直不朽計耳

丁酉八月張氏以水師數萬來攻嘉興羽檄星馳川陸戒嚴海鹽自州佐巡塲以下皆統兵北屯半邏新豐廣陳以備他道州城閉塞兼旬民間米穀騾踴而

薪爨不屬多破斫簷柱几榻而炊煬完者以大軍四伏使小舟數十百艘餌之敵檣艣蔽天排川而下追至杉青東西岸多積葦以待時南風大作岸上舉火敵舟焚燎亙四十里不止死者甚衆遂捨舟登陸進逼城下戰于東瓜堰大破之斬首萬七千級俘者數千張氏統軍張士信以伏水遁還然完者兇肆掠人貨錢至貴家命婦室女見之則必圍宅勒取婬汙信宿始得縱還少與相拒則指以通賊縱兵屠害由是部曲驕橫凡屯壁之所家戶無得免焉民間謡曰死

不怨泰州張生不謝寶慶楊善乎余廷心之言曰苗獠素不被王化其人與禽獸等不宜使入中國他日爲禍將不細今若此何其言之若持左券也

張氏既歸命本朝兄弟相繼拜太尉平章之命乃于十九年秋七月大城武林至起平松嘉湖四路官民以供畚築雖海鹽一州發徒一萬二千分爲三番以一月更代皆裹糧遠役而督事長吏復藉之酷歛鞭朴棰楚無有停時死者相望至本年十月始得迄功比費數十百萬而新城碑記至以南仲山甫爲譬其

辭有日有嘉太尉克綏我民疇其相之平章弟昆又曰我作我息我出我入變呻爲謳伊誰之力豈不慚醜斯言也乎

州瀕海鹽爲國利然亡命得以私販擅之毎操兵飛棹往來買販雖吏兵莫之敢攖至正丁酉濼城范廉卿以蔭補蘆瀝巡檢其爲人恂恂儒者顧長騎射無論鳥獸不及飛竄雖海塗上跳魚子蟹之細捷射之百不失一夜毎懸火竿上去竿三百步從暗中射火無不滅也于是亡命心懼毋敢于州北私販境内爲

之肅然先是本路推官陳春以平反鹽獄數百人見稱至是本路大僚曰使官人人如范何必陳司理平反也

楚石大師爲沙門尊宿嘗從駕上都有漠北懷古諸作余嘗讀其自言羊可種不信繭成絲之句疑以爲羊可種乎因以問師師曰大漠迤西俗能種羊凡屠羊用其皮肉惟留骨以初冬未日埋着地中至春陽季月上未日爲吹笳呪語有子羊從土中出凡埋骨一具可得子羊數隻此葢四生胎外之化也亦不足

怪特非中國所有致生疑耳後讀浦江吳立夫西域種羊皮書褥歌云波斯國中神夜語波斯牧羊俱雜虜當道剸刀羊可食土城留種羊脛骨四圍築垣聞杵聲羊子還從脛骨生青草叢柚臍未斷馬蹄踣鐵繞垣行羊子跳踉却在草鼠王如拳不同老飫肉筵開塞饌肥裁皮褥作書林寶南州俠客過西人昔得手褥今無倫君不見氷蠶之錦欲盈尺康洽年來貧不貧此又云以脛骨種之與琦師目見之者不同也葢波斯國别有種法如吳詩所聞耳

州學在淨業寺南神宇齋舍頗亦弘廠有至元六年知州趙孟貫賈禧重修碑至正六年知州葉彥中再修亦有碑然三州守皆賢有治聲于當時趙字子唯台州黃巖人治海上有惠政民到于今猶念之其祖子英爲宋宗正少卿南遷時以宗室從爲黃巖丞遂家焉有子六人皆以文學登膴仕至其孫師淵爲太常丞師夏爲判宗皆受業于紫陽之門且締姻焉故能以禮世其家施于有政云賈字吉甫宛丘人能行之以正限之以信羣佐若單弟生之聽嚴傳老胥肅

然若家老之奉其尊也葉宇大中松陽人嘗以才敏有風操爲江南行御史臺架閣管勾所至皆有休績可紀至于留神庠校崇道重學則三君之雅意均也

杜少陵集自游龍門至過洞庭詩目次第爲此州先正曾旹季欽編定大都一循少陵生平行跡亦可以見其詩法升降亦隨其年自少而壯而老愈入于細而化也註脚多所補益極爲後學借資第音切頗多吳音其他註釋如以鐵馬汗常趨爲昭陵石馬果常有汗以空同小麥熟爲不近武威林間踏鳳毛踏字

爲跨字之誤汝與山東李白好以山東爲東山天闕象緯逼以天闕爲天閱江月滿江城以江月爲秋月赤驥頓長纓以纓爲轡之類不免爲杜集增累

州弟子員張炯子晦卓犖有奇表與予爲道義交每言其祖文穆公受知于世祖皇帝嘗被召入便殿問當時急務時方隆冬上以所坐貂褥撤賜命坐別以他褥進御公所上數十條皆當時切要上命執政以次第舉行而桑哥盧世榮輩以罷冗官一條爲侵奪朝權詈聲朝堂曰何物蛙蝦兒遽欲奪吾柄邪夜令

健兒竢之途將甘心焉幸中表趙文敏知之邀還邸中得免明日雖拜翰林承旨尋以懼禍病免及盧桑伏誅詔還前官大德間以老疾不起時論惜之有集若干卷行于世

澉浦市舶司前代不設惟宋嘉定間置有騎都尉監本鎮及鮑郎鹽課耳國朝至元三十年以留夢炎議置市舶司初議番舶貨物十五抽一惟泉州三十取一用爲定制然近年長吏巡徼上下求索孔竇百出每番船一至則衆皆懽呼曰亟治廂廩家當來矣至

什一取之猶爲未足昨年番人憤憤至露刄相殺市舶勾當死者三人主者隱匿不敢以聞射利無厭開釁海外此最爲本州一大後患也

潘從事澤民嘗爲余言本州達魯花赤也先不花本北人以至正三年至海上時方八月秋濤大作潮聲夜吼震撼城市不花初至聞此夜不敢臥起問門者門者熟睡呼之再三始從夢中荅曰潮上來也及覺知是官問懼其荅遲連聲曰禍到也禍到也狂走而出不花誤聽遂驚跳入内呼其妻曰本冀作達魯花

赤榮耀縣君不意今夕共作此州水鬼遂夫婦號泣合門大慟外巡徼聞哭傳報州正佐官皆顛倒衣裳來救以爲不花遭大變故也因急扣門不花愈令堅閉庶水勢不得驟入同寮益急遂破扉倒墻而入見不花夫婦及奴婢皆升屋大呼救我同寮詢知不覺共爲絶倒乃知唐人潮聲偏懼初來客爲眞境也不花今爲參知政事

已亥秋九月晦余曉詣嘉禾時曉星猶在樹杪忽西南天裂數十百丈光焰如猛火照徹原野一時村犬

皆吠宿鳥飛鳴余諦觀其裂處蜿蜒而動中復大明若金融于冶鑄者少時方合操舟者謂余曰此天開眼也彼不知天者至尊裂者極禍關係豈藐小乎哉

是年冬十二月有州東趙氏家屠豕脫治已竟既出肺腸其腸忽蜿蜒疾行雖健蛇不若也主人追之不能及遂出城遇海而止此蓋國家有心腹腎腸之人歸向寬大容蓄之象也

州民有朴知義者家翁莊堰幼生而不慧至八歲不語一日俄謂其母曰今日墻外牛鬪娘可避之舉家

駭而且喜已而鄰人之牛果鬭墻外是後復不言數日復言有官兵來未幾張軍從雲間來自此言無不驗四方挾錢帛來問者如見神明家至驟富然見人有凶事輒指而告之如響由是人見之始多面如死灰惟恐其有惡言也母因戒之其後惟母告之言則言年十九始娶與其妻一接而殞此雖人妖亦似乎保真通靈故能前知如此及少近婦人忽焉滅沒殆真泄而神與之俱亡無足怪也

金粟寺有康僧會身像余于至正癸巳始得頂禮明

年春余以伯兄見背到寺禮懺復與潘廣文澤民檢發唐代所書三藏然零落過半惟華嚴法華楞嚴寶積維摩長阿舍及諸律論之半猶完整不壞翻閱踰旬忽于晡時作禮像前見像眉間有光須臾光若白綫嫋嫋而出盤繞華蓋而上余遂鳴鐘聚僧稱佛名號禮拜讚頌至暮而光復從眉間收攝人人嘆爲稀有澤民因作放光記紀其事曰夫佛者覺也覺者靈照不滅也含之可以內照六根放之可以旁燭三界此從七佛至于未來聖尊一光相續而常照者也第

能保光于無始常照而不斷則雖百千萬刼此光常若如新粵自漢年覺光東度迄于吳代猶未該被于是康法師以舍利示感始闢法門于吳會傳像教于江左是葢以身光照攝東南四生之祖也旣而立化天禧騰身金粟靈像棲託實在于廣慧焉甲午之春三月十有三日前教授餘干桐江姚桐壽樂年以孔懷之戚禮懺像前忽眉間若有白雲一線出于鍼孔者蜿蜒少時遂若朱蛇遊霧欻閃盤旋難以名狀久之或若虹拳或如波曲或延袤長引或輪囷成暈時

佛日朗映俄見天地樓閣皆成五彩似從放光石中看金碧世界也。于時大衆驚歎此瑞爲世稀有。余以爲此寧獨法師覺光常照而已哉，要亦以廣文宿習圓滿，今之虔禱發于天情，故與靈契冥格，若以鐵擊石、以木鑽燧，感極而光靈示現之耳。此一光也，更不特爲廣文感極之證，而見前千萬善信莫不攝身神光之内，各爲[illegible]徹，因地使信心復萌，此又法師了却過去劫中普照羣有之一大願力也。余身被靈瑞，五體投地，援筆記此，爲後學啓信。

州著姓常氏自忠毅公與秦檜不合退居海上遂家焉其後有號蒲溪者亦官參知政事入本朝子孫多不學曾言有厥祖遺像一幅以兵亂失之後復得之民間因出以示余其像瘦惡而髯帶貂蟬冠上有贊曰佑時生甫同德暨湯治格一隆力成再造長樂溫清遂明王孝理之心海宇阜豐躋斯民仁壽之域公功斯建帝庸作歌列辟具瞻謂相君之形惟肖睿辭敦獎見王者之制坦明郁郁乎其文哉皜皜不可尚已其後題曰紹興龍集壬申仲春穀旦門下士武原

魯璵拜贊余甚疑之此贊似宰相兩常公皆不得柄
國奈何有此後檢宋范茂明集有代賀秦太師畫像
啓乃知此贊是摘啓中數語爲贊耳此蓋檜像而子
孫愛重此啓摘去和戎等語而借以爲贊也年代既
久淪落民間爲常氏所得復以魯璵爲本州人益信
而不疑耳不知魯中紹興甲午趙逵榜檜方柄國故
稱門下第不識茂明何故代璵作啓余備錄以示常
氏不以爲然愈益珍重噫嘻是忘乃祖之仇而拜其
仇也子孫誠不可不學如此

嘉興通守繆思恭當張氏來攻嘉興楊完者命繆典火攻我師遂大捷既而張氏歸命因大城武林檄繆統所屬工徒以赴其役張陰屬其弟士信乘此戮辱之衆皆爲繆心戰繆不以介意繆當治西北面數十百丈以松江路工徒屬之繆每事作則先入止則後出勞來督罰殊得衆心由是視他所築愈益堅好士信亦無奈何忽一日巡工至繆所轄地分時日已晏潤而工猶未輟士信曰日出而作日入而息汝何獨勞民如此繆曰平章禮絕百司猶敬共皇命日夕尚

勤畚插況爲之民者敢偷餘晷士信曰此人口利如錐何惟杉青鬧畔烈烈逼人繆曰今幸太尉華函國家借此得成獎順之典若念杉青之役猶恨不力縱逸乎章耳士信曰别駕好將息言及杉青猶能使人肉跳不已

余讀海鹽州學黄侍講大成樂記言眞州貝君身爲考其度數齊量範金爲鐘而協以古律管彼此適均吹其律而鐘自應至于琴瑟亦率自製云云余心甚慕之及甲午春祭以余家所藏崇寧大晟樂大呂無

射二鐘持與考擊則比余所藏聲益加高判不相協余乃竊嘆曰彼貝君者果足與言樂乎金既如此絲石可知知其聲者則州之喪沒腓久矣按大晟樂國初東平嚴氏一承宋舊者也當宋徽廟時有魏漢津者以一蜀黠卒爲造此樂且以帝皇制樂實自其身得之請以徽廟中指三節三寸定黃鐘之律蔡京亦從曳其說卽使範金裁石用之郊廟至頒其樂于天下然徽廟指寸視人加長而樂律遂高雖漢津亦私謂其弟子任宗堯曰律高則聲過哀而國亂無日矣

當今聖人其身出而身遘之乎未幾遂有靖康之禍今州學鐘高倍崇寧則宜乎州之日阽危于清河鋒鏑也第所謂考其度數協以古律者豈別有出于緹室葭灰之外者乎

州少年多善歌樂府其傳皆出于澉川楊氏當康惠公存時節俠風流善音律與武林阿里海涯之子雲石交善雲石翩翩公子無論所製樂府散套駿逸爲當行之冠即歌聲高引可徹雲漢而康惠獨得其傳今雜劇中有豫讓吞炭霍光鬼諫敬德不伏老皆康

惠自製以寓祖父之意第去其著作姓名耳其後長公國材次公少中復與鮮于去矜交好去矜亦樂府擅場以故楊氏家僮千指無有不善南北歌調者由是州人往往得其家法以能歌名于浙右云

相傳紹興間有海鹽丞簡傲不羈志輕一世嘗謁一鄉大夫主人偶遲遲而出丞故好睡比主人出則丞已鼾聲如雷矣主人以客睡不敢呼亦復就睡及丞覺亦以主睡不敢呼更復就睡如初究之主客更相臥醒至日沒丞起而去竟不交一言趙子固愛其事

爲作圖紀其說于上置之座右曰此二人大有華胥風氣足以箴世之責望賓主者

楊廉夫寓雲間及余到海上時一過余歲壬寅冬楊從三泖來宿余齋頭適就李貝廷臣以書幣爲蕭山令尹李中乞吳越兩山亭志併選諸詞人題咏于時楊尹已移官嘉禾矣楊即爲命筆稿將就夜已過半余方從別室候之俄門外有剝琢聲啓扉視之則皆嘉禾能詩者也余從壁間窺之率人人執金繒乞楊留選其詩楊笑曰生平于三尺法亦有時以情少借

若詩文則心欲借眼眼不從心未嘗敢欺當世之士遂運筆批選止取鮑恂張翼顧文煒金炯四首楊謂諸人曰四詩猶爲彼善于此諸什尚須更託胎耳然被選者無一人在諸人相目驚駭固乞寬假得與姓名至有涕泣長跪者楊揮出門外閉關滅燭罵曰風雅掃地矣

州詩人陳彦廉好作怪體兼善繪事其母莊本閩人父思恭商于閩溺死海中莊誓不嫁携彦廉歸本州撫育遂成名士彦廉有才名交往多一時高流最與

黄公望子久親暱彥廉居硤石東山終身不至海上以父溺海故也子久歲一詣之至則必到海上觀濤每拉彥廉同往不得已偕至城郭黄乞與同看陳涕泣曰陽侯吾父仇也惧不能如精衛以木石塞此何忍以怒眼相見子久亦爲之動容不看而返因爲作仇海賦以紀其事

樂郊私語終

委巷叢談

錢唐田汝成輯　趙文治校閱

宋南渡諸將韓世忠封蘄王楊沂中封和王張俊封循王俱享富貴之極而俊復善治生其罷兵而歸歲收租米六十萬斛今浙中豈能着此富家也紹興間内宴有優人作善天文者云世間貴官人必應星象我悉能窺之法當用渾儀設玉衡若對其人窺之見星而不見其人玉衡不能卒辨用銅錢一文亦可乃令窺光堯云帝星也秦師垣曰相星也韓蘄王曰將

星也張循王曰不見其星衆皆駭復令窺之曰中不見星只見張郡王在錢眼内坐殿上大咲俊最多貲故譏之

宋紹興乙卯以旱禱雨諫議大夫趙霈上言自來祈禱斷屠止禁猪羊今後請并禁鵞鴨時胡致堂在兩掖見之咲曰可謂鵞鴨諫議矣聞虜中有龍虎大王當以鵞鴨諫議當之嘉定中察院羅相上言越州多虎乞行下措置多方捕殺正言張次賢上言入盤嶺乃禁中來龍乞禁人行太學諸生遂有羅擒虎張尋

龍之對

林逋隱居西湖朝廷命守臣王濟體訪之逋投一啟其文則儷偶聲律之式也濟曰草澤之士不友王侯文須格古功名之事俟時致用則當修辭立誠今逋兩失之矣乃以文學保薦詔下賜粟帛而已又逋嘗敖許洞洞作詩嘲逋云寺裏啜齋饑老鼠林間咳嗽病獼猴豪民送物鵞伸頸好客臨門鱉縮頭則逋在當時亦不滿于輿論甚矣賢才處世之難也

洪武中浙江都司徐司馬令郡城人家植冬青樹于

門數年後街市綠陰匝地張輿賦詩云比屋冬青樹人皆隱綺羅春風十年後惟恐綠陰多

錢唐祝吉甫居西河上搆小樓眺盡湖山之勝賓客常滿隣有富豪築高墻數仞蔽之吉甫因鬱鬱不樂趙松雪訪吉甫登樓爲書二字扁曰且看一日貫酸齋來亦題於左云酸齋也看無何隣以通番籍錄家徙垣屋摧毀小樓內湖山如故

考亭朱文公得友人蔡元定而後大明天地之數精詣鍾律之學又緯之以陰陽風水之書乃信用蔡說

上書建議乞以武林山爲孝宗皇堂且謂會稽之穴淺狹而不利願博訪草澤以決大議其後言者毁考亭陰援元定元定亦因是得謫云

宋時閫帥郡守等官雖得以官妓歌舞佐酒然不得私侍枕席熙寧中祖無擇知杭州坐與官妓薛希濤通爲王安石所執希濤榜笞至死不肯承伏想唐制亦然也

紹興四年大享明堂更修射殿以爲享所其基即錢王時握髪殿吳人語訛乃云惡發殿謂錢王怒時即

乘此座也時殿柱大者每條圍一十二尺其壯麗如此

度宗崩幼君諒陰榜第一名王龍潭二名路萬里三名胡幼黄行都爲之語曰龍在潭飛不得萬里路行不得幼而黄醫不得

癸辛雜識言宋時杭城除有米之家仰糴而食者凡十六七萬人人以二升計之非三四千石不可以支一日之用而南北二廂不與焉客旅之往來又不與焉武林舊事言杭諺有之杭州人一日吃三十丈木

頭。以三十萬家爲率大約每十家吃擂搥一分合而計之則三十丈矣此二事較之今時亦不減也

錢氏時西湖漁者日納魚數斤謂之使宅魚其捕不及者必市以供頗爲民害一日羅隱侍坐壁間有蟠溪垂釣圖武肅王索詩隱應聲曰呂望當年展廟謨直鉤釣國更誰如若教生在西湖上也是須供使宅魚武肅王大笑遂蠲其征

吳越王妃每歲歸臨安王以書遺妃云陌上花開可緩緩歸矣吳人用其語爲歌含思宛轉聽之淒然蘇

予瞻爲之易其詞蓋清平調也調云陌上花開蝴蝶飛江山猶是昔人非遺民幾度垂垂老遊女長歌緩緩歸陌上山花無數開路人爭看翠軿來若爲留得堂堂去且更從教緩緩回生前富貴草頭露身後風流陌上花已作遲遲君去魯猶歌緩緩妾回家

武肅王開國日頻役士卒怨讟興焉或夜書其門曰沒了期沒了期修城纔了又開池王出見之命書其傍云沒了期沒了期春衣纔罷又冬衣嗟怨頓息蓋以恩典發其感激之心也亦應變之智云

西湖雖有山泉，而大旱之歲，亦嘗龜坼。宋嘉熙庚子，西湖水涸，茂草生焉。官司祈雨無應，李霜涯戲作一詞云：「平湖千頃生芳草，芙蓉不照紅顛倒。東坡道，波光瀲灩晴偏好。」邏者廉捕之，遁不知所往。

元至正間，西湖冰合，故老云六十年前曾有此異。張仲舉賦詩云：「西湖雪厚冰徹底，行人徑度如長川。風吹鹽地結陰鹵，日射玉田生暖煙。魚龍穴裏寒更縮，鷗鷺沙頭饑可憐。安得長冰通滄海，我欲二島求神僊。」

尚書故實云百越人以蝦蟆爲上味疥者皮最佳名
錦襖子范蜀公東齊筆記云沈文通守杭州禁民食
蝦蟆終三年人不敢食而蝦蟆亦絕不生及文通代
去禁弛而蝦蟆復生傳子翼蠏譜云杭俗嗜蝦蟆而
鄙食蠏時有農夫田彥升者家於半道紅性至孝其
母嗜蠏彥升慮其隣比竊笑常遠市於蘇湖閭熟之
以布囊負歸已上載紀妖差皆不可曉蝦蟆形雖不
典然周禮亦嘗羞而薦之宗廟與羔兎同珍漢武帝
欲除幾甸以爲上林苑東方朔以爲此地土宜姜芋

水多蛙魚貧者家給則食蝦蟆者長安亦有之不獨越人也至云不脫疥皮以爲佳品此又不情蛙皮腥韌非可食者何越人之饞饕至此周時蟈氏焚牡鞠以殺蛙黽其法無驗未聞沈文通以何術禁之使三年不生也杭人最重蟹秋時風致惟此爲佳而云杭人嗜蝦蟆而鄙食蟹此又何說至如歐陽公歸田錄又云國初通判嘗與知州爭權有錢昆者杭人也其俗嗜蟹嘗求外補人問所欲曰但得有螃蟹無通判處足矣其所載杭俗又與傅子翼不同葢聞見得於

外方者往往失眞非土著者不能辯也

宋時陶穀奉使吳越忠懿王宴之因食蝤蛑詢其族類忠懿命自蝤蛑至蟚蠘凡十餘種以進穀曰眞所謂一解不如一解也

東坡仇池筆記云杭人喜食鵞日屠百鵞予自湖上夜歸屠者之門百鵞皆號若有所訴鵞能警盜亦能却蛇有二能而不能免死又有祈雨之厄悲夫

古之所謂廋詞郎今之隱語也而俗謂之謎人皆知其始於黃絹幼婦而不知自漢伍舉曼倩時巳有之

矣至鮑照集則有井字謎杭人元夕多以此爲猜燈
任人商略永樂初錢唐楊景言以善謎名
外方人嘲杭人則曰杭州風葢杭俗浮誕輕譽而苟
[illegible]聽塗說無復裁量如某所有異物某家有怪事
人有醜行一人倡之百人和之身質其疑皎若目
覩譬之風焉起無頭而過無影不可蹤蹟故諺云杭
州風會撮空好和歹立一宗又云杭州風一把葱花
蔟蔟裏頭空又其俗喜作僞以邀利目前不顧身後
如酒攙灰鷄塞沙鵞羊吹氣魚肉貫水織作刷油粉

自宋時已然載於癸辛雜識者可考也
杭人以冬夏二至後數九以紀寒暑云冬至後一九
二九招喚不出手三九二十七籬頭吹觱篥四九三
十六夜眠如鷺宿五九四十五太陽開門戶六九五
十四貧兒爭意氣七九六十三布衲兩頭擔八九七
十二猫狗尋陰地九九八十一犂耙一齊出夏至後
一九二九扇子不離手三九二十七氷水甜如蜜四
九三十六拭汗如出浴五九四十五頭戴秋葉舞六
九五十四乘凉入佛寺七九六十三牀頭尋被單八

九七十二思量葢夾被九九八十一家家打炭墼
自元豐制尚書省復二十四曹繁簡絕異在汴京時
有語曰吏勳封考筆頭不倒戶度金倉日夜窮忙禮
祠主膳不識判硯兵職駕庫典了襏袴刑都比門總
是冤魂工屯虞水白日見鬼及駕幸臨安喪亂之後
士大夫亡失告身批書者多又軍賞百倍平時賄賂
公行冒濫相乘軍饟日滋賦歛愈繁而刑獄亦衆故
吏戶刑三曹吏胥人人富饒宅曹寂寞彌甚吏輩又
爲之語曰吏勳封考三婆兩嫂戶度金倉細酒肥羊

禮祠主膳啖虀吃麵兵職駕庫斂美呷醋刑都比門人肉餛飩工屯虞水生成餓鬼

曹元寵題村學堂圖云此老方把虱衆雛爭附火想當訓誨間都都平丈我語雖調笑而曲盡社師之狀

杭諺言社師讀論語郁郁乎文哉訛爲都都平丈我委巷之童習而不悟一日宿儒到社中爲正其訛學童皆駭散時人爲之語云都都平丈我學生滿堂坐郁郁乎文哉學生都不來曹詩蓋取此也

杭人削松木爲小片其薄如紙鎔硫黃塗其銳名曰

發燭亦曰焠兒蓋以發火代燈燭用也史載周建德
六年齊后妃貧者以發燭爲業豈卽杭人所製歟陶
學士清異錄云夜有急苦於作燈之緩批杉染硫黄
遇火卽燄呼爲引光奴今遂有貨者其名頗新
杭人稱四司六局蓋宋時官府貴家置四司六局各
有所掌筵席排當凡事整齊都下街市每遇禮席以
錢倩之四司者帳設司厨司茶酒司臺盤司也六局
者果子局蜜煎局菜蔬局油燭局香藥局排辦局也
祇應慣熟不煩賓主之心今時雖無此名而禮筵率

有包辦咄嗟而集他如珠冠禮衣方巾花扇綵轎僉擔幃幔吉凶器具皆有置賃者猶行都之遺風也

世態炎涼緇流尤甚宋時杭州有丘浚者謁珊禪師接之殊倨頃之有州將子弟來謁珊降階接禮甚恭浚不能平伺子弟去乃問曰和尚接浚甚傲而待州將子弟乃爾恭也珊曰接是不接不接是接浚勃然起摑珊數下曰和尚莫恠打是不打不打是打此言殊快人意

輟耕錄言杭州人好爲隱語以欺外方如物不堅緻

曰憨大暗换易物曰搠包兒龎蠢人曰杓子朴實曰
艮頭白獺髓言杭俗澆薄語年甲則曰年末語居止
則曰只在前面語家口則曰一差牙齒語仕禄則曰
小差遣此皆宋時事耳乃今三百六十行各有市語
不相通用倉猝聆之竟不知爲何等語也有曰四平
市語者以一爲憶多嬌二爲耳邊風三爲散秋香四
爲思鄉馬五爲誤佳期六爲柳摇金七爲砌花臺八
爲霸陵橋九爲救情郎十爲舍利子小爲消黎花大
爲朶朶雲老爲落梅風諱低物爲靸以其足下物也

復諱輙爲撒金錢則又義意全無徒以惑亂觀聽耳宋時臨安四方輻輳浩穰之區游手游食姦黠繁盛有所謂美人局以倡優姬妾引誘少年有櫃坊局以博戲關撲騙賺財物有水功德局以打點求覔脫購財貨有以僞易眞者至以紙爲衣以銅鉛爲銀以土木爲香藥變換如神謂之白日鬼有剪脫衣服環佩荷包者謂之覔貼兒其他穿窬胠篋各有稱首至如頑徒攔街虎九條龍之類尤爲市井之害今之風俗大抵仍之而揷號稍異白手騙人謂之打清水網夾

剪衫袖以掏財物謂之剪綹撒潑無賴者謂之破落戶

杭人言寧可曰耐可音如能可漢書楊越之人耐暑註與能同李太白詩耐可乘明月又耐可乘流直上天皆讀如能言人胸次不坦夷迮獨見以忤人者曰[illegible][illegible]音如列挈漢書[illegible][illegible]而無志節言人愚不省事者曰儓魏萬詩五方造我語知我非儓癡亦曰憨隋書表實見多憨態得寵憐言人猶與不前猛者曰壘尿音如迷癡蘊籍不躁暴者曰眠娗音如緬忝出列

子又皮日休反招魂上曖昧而下墨尿言人進退不果曰佁儗音如熾膩司馬相如賦仡以佁儗郷于厚夢歸賦紛若倚而佁儗今言事頻煩不易作者曰鄭重法王莽傳非皇天所以鄭重符命之意言人無用者曰不中用史記始皇聞盧生竊議亡去怒曰吾將收天下書不中用者盡去之罵人曰老狗漢武故事上嘗語栗姬怒弗應又罵上爲老狗言紛紜不靖曰海紅花蓋海紅花乃山茶之小者開時最繁鬧故借以爲喻詈人桀猾不循理者曰雜種晉書前燕載記

贊曰蠢兹雜種奕世彌昌見人有不當意者曰觜鼻金史宋破金泗州守將畢資倫不肯降縶獄十四年及盱眙守將納合買住降北望哭拜謂之辭故主資倫見買住罵曰國家未嘗負汝何所未死不可乃作如此觜鼻也言人聆言不省曰耳邊風杜荀鶴詩百歲有涯頭上雪萬般無染耳邊風作事助力曰阿癠癠武后時南皮縣丞郭勝靜每巡鄉與民婦託衣縫補而姦之其夫至縛勝靜鞭數十主簿李懋往救解之勝靜羞諱其事但恐痛不禁低聲唱云勝靜不被

打恫瘖瘖衝寒而饑栗卒起曰痒噤韓退之鬬鷄詩磔毛各噤痒日光微暖日温暾王建宫詞新晴草色暖温暾白樂天詩池水暖温暾言巳是如此曰隔是元微之詩隔是身如夢頻來不爲名問何人曰阿誰訛爲兀誰劉先主破成都置酒爲樂龐統諫曰伐人之國而樂之非仁也先主怒曰武王勝商前歌後舞既而悔曰向者之論阿誰爲失統曰君臣皆失言人有病曰不快華陀傳體有不快起作一禽之戲又曰不耐煩庾炳之傳爲人强急而不耐煩俚語又言要

不得葢人有病則嘖慾不遂要喫喫不得要行行不得意義雖粗亦有可解遷居而隣友治具過飲曰煖屋亦曰煖房王建宮詞太儀前日煖房來言不潔曰鏖糟霍去病鏖臯蘭下注云盡死殺人爲鏖糟葢血汚狠籍之意也詬人傭工曰客作三國志焦光饑則爲人客作飽食而已賤丈夫曰漢子北齊書何物漢子與官不就女子及笄曰上頭而娼女初薦寢於人亦曰上頭花蕋夫人宮詞新賜雲鬟使上頭呼女子之賤者曰丫頭劉賓客詩花面丫頭十三草木稺

而初蕚者円始花音如試月令桃始華蟬始鳴註皆去聲言戲擾不已曰嬲音如褭嵇叔夜書嬲之不置稱善能營生者曰經紀唐滕王蔣王皆好聚歛太宗甞賜諸王帛勅曰滕叔蔣兄自能經紀不須賜物鄙人之庸賤微薄者曰小家子霍光傳任宣謂霍禹曰使樂成小家子得幸大將軍言日間小食曰點心唐史鄭傪夫人云我未及餐爾且可點心言人作事無據者曰沒雕當又曰沒巴鼻蘇長公詩云有甚意頭求富貴沒些巴鼻使奸邪言人不通時宜者曰方頭

陸魯望詩頭方不會王門事塵土空緇白紵衣事相避逅曰豆湊蓋鬭湊之訛也或言吳越風俗除日互擎炒荳交納之且餐且祈曰湊投殆此語所從出歟

事多褒貶曰包彈蓋宋人以包孝肅多所彈劾故云包彈畏憚之詞也

言人虛僞不檢者曰樓頭蓋宋時何家樓下多亡賴以濫惡物欺人其時有何樓之號樓頭者蓋何樓之惡劣也

言人舉止倉皇者曰麞麕馬鹿蓋四物善駭見人則跳躍自竄故以爲喻又曰鼠張猶勢亦此意也

言人儀矩可喜者曰庯峭音如

波峭本梁上小柱名取其有曲折俊俏之意也

杭人有以二字反切一字以成聲者如以秀爲鯽溜以團爲突欒以精爲鯽令以俏爲鯽跳以孔爲窟籠以盤爲勃蘭以鐸爲突落以窠爲窟陀以圈爲窟欒以蒲爲鶻盧有以雙聲而包一字易爲隱語以欺人者如以好爲現薩以醜爲懷五以罵爲雜嗽以笑爲喜黎以肉爲直線以魚爲河戲以茶爲汕老以酒爲海老以沒有爲埋蔞以莫言爲稀調又有諱本語而巧爲俏語者如詬人嘲我曰溜牙有謀未成曰掃興

冷淡曰秋意無言默坐曰出神言涉收興曰殺風景
言胡說曰扯淡或轉曰牽冷則出自宋時梨園市語
之遺未之改也
宋時靈隱寺緇徒甚衆九里松一街多素食香紙雜
賣舖店人家婦女往往皆僧外宅也
鹽橋富室李省者販鹽出必經年紹興元年省與同
業六七人出亘四年弗反且無音耗其家絕憂之有
與李善者謂其妻曰同業數客盡歸不應獨後得非
墮於非命乎宜往占之妻歷訪十數肆皆云不吉慟

哭而歸召僧建道場招魂掛服間空中泣聲甚哀出視之見李渺茫煙霧間宛如存日詢問幼稚婢妾且云頼汝薦拔獲離苦難明日妻買地造塚備極勞費又一月李泛舟達江口原不死也黠鬼依人而見幻往往如此

宋時吏部有一胥好滑稽有董公邁參選失去官誥但存印紙遂投狀給據一日侍郎問其胥曰此事無碍否胥曰朝公大夫董公邁失一官誥印紙在也不碍侍郎覺其詼偕杖一百罷之蓋俗有舞十般癩云

一般癩不一般癩渾身爛了肚皮在也不碍如是凡十首語言相類故應聲爲戲云

宋時行都節序皆有休假惟七夕百司皆入局不准假有時相古朴問堂吏云七夕不作假有何典故吏應云七夕古今無假時相但唯唯不知其有所侮也蓋用柳詞七夕二郎神云須知此景古今無價

錢塘羅貫中本者南宋時人編撰小說數十種而水滸傳叙宋江等事姦盜脫騙機巧甚詳然變詐百端壞人心術其子孫三代皆啞天道好還之報如此

晉天福中浙中兒童市井皆以趙字爲語助如云得則曰趙得云可則曰趙可通國無不皆然及晉末趙延壽貴盛浙人謂必應讖後延壽爲北虜所執而謡言益盛後宋祖受禪錢氏納土浙中皆屬趙矣淳熙十四年都城市人謡曰汝亦不來我家我亦不來汝家流傳遠近莫詳其說或以爲紹熙二三年兩宮隔絕之兆嘉泰三年杭人唱歌云東君去花無主朝廷禁之未幾景獻太子薨賈似道當國時臨安謡云滿頭清都是假這回來不作要其時京師女粧競尚假

玉因以假爲賈喻似道專權而景炎丙子之亂非復庚申之役也似道遭貶時人題壁云去年秋今年秋湖上人家樂復憂西湖依舊流吳循州賈循州十五年間一轉頭人生放下休此語視雷州寇司户之句尤警吳循州謂履齋之貶乃賈擠之也

委巷叢談終

ISBN 978-7-5010-8507-1
9 787501 085071 >
定價：300.00圓（全二册）